新语文名家散文精选
谭曙方 主编

梦海探秘

谭曙方 著

山西出版传媒集团
北岳文艺出版社
BEIYUE LITERATURE & ART PUBLISHING HOUSE

·太原·

图书在版编目（CIP）数据

梦海探秘 / 谭曙方著. — 太原：北岳文艺出版社，2021.8

（新语文名家散文精选 / 谭曙方主编）

ISBN 978-7-5378-6263-9

Ⅰ.①梦… Ⅱ.①谭… Ⅲ.①散文集—中国—当代 Ⅳ.①I267

中国版本图书馆CIP数据核字(2020)第155931号

梦海探秘
谭曙方 著

//

出 品 人
郭文礼

策 划
续小强 赵 婷

责任编辑
张 丽

封面设计
萨福书衣坊

封面绘图
南塘秋

印装监制
郭 勇

出版发行：山西出版传媒集团·北岳文艺出版社

地址：山西省太原市并州南路 57 号

邮编：030012

电话：0351-5628696（发行部） 0351-5628688（总编室）

传真：0351-5628680

经销商：新华书店

印刷装订：山西人民印刷有限责任公司

开本：787mm×1092mm 1/16

字数：183 千字 印张：14.25

版次：2021 年 8 月第 1 版

印次：2021 年 8 月山西第 1 次印刷

书号：ISBN 978-7-5378-6263-9

定价：39.80 元

本书版权为本社独家所有，未经本社同意不得转载、摘编或复制

序

杜学文

随着时间的变化,人从幼儿走向童年、少年。对于生命来说,这也许是一些最纯真、最富于诗意的时光。有家的呵护,有不断发现的新奇世界,有无限的可能性;还不会也不需要掩饰自己,不会也不需要考虑如何才能适应别人、适应社会。也许,从生命的成长过程来看,这是一个还不能也不需要承担责任的时刻,是一个不识愁滋味的时刻,是一个可以任性地放飞自己的时刻。当然,也是一个在潜移默化中被生活影响,并奠定自己未来走向基因的时刻。有很多的想象,很多的希望,很多的选择……但是,随着成长,这些"很多"变得越来越少,甚至成为不得不的唯一。这种想象的力量也许会对人的一生产生极为重要的影响。在很多时候,特别是对于成年人来说,想象似乎是虚幻的,非现实的,甚至是无意义的。但对于人整体来说,失去了想象力却是可怕的。如果这样的话,人们就只能匍匐在地面,而失去了星空,失去了更广阔、更丰富、更多姿多彩的世界——未来的可能性、现实的创造力、内心世界的感悟力,以及对幸福的体验与追求。所以,在人的生活中,除了现实存在之外,仍然需要保有提升情感体悟、净化精神世界、培养想象能力的生活方式。在很多时候,我们需要依靠艺术——当然也包括文学在内来实现这种想象。文学,不仅仅是表现生活的，也是想象生活的——建立在现实生活的基础之上，对未知世界与未来生活的理想构建。这种想象力的培养，也许在人的童年与少年时代更为重要。

实际上，每个人都在想象中成长、变化。在成人的世界里，这种想象越来越被现实生活所规定、制约。当一个人成为学生的时候，非学生的生活就不存在了。他必须在学生的前提下选择未来。但选择了通过读书来改变人生的时候，非读书的可能性也不存在了。尽管选择是对现实利弊的权衡，但仍然是对未来可能性的想象。当然，想象并不局限在这样的选择之中，人还有很多非现实的想象——对艺术世界的虚构，以及对不可知世界的精神性营造等等。前者可能会更多地影响人的情感，而后者则更多地影响人的创造。

事实上，每一个人在其幼年时期都会有想象的努力——自觉的与不自觉的。以我自己的经历言，曾经想象时间的停滞，希望知道时间停滞之后会发生什么。结果是时间并没有停滞，停滞的只是自己的某种状态。在我家乡村外的山脚下，有一条河。河中一个很小的瀑布下聚满了水。那水是深绿的，有点深不见底的感觉。我们那里把这样的地方称为"龙潭"，就是河中水很深的坑。旁边有一个石头垒起来的磨坊，里面有一座水磨——利用瀑布的落差来推动石磨。大人们说，这龙潭很深，一直能通到海底的龙王爷那里。我不太理解如何从太行山的地底通往大海，也不知道假若到了大海会怎么样，但却希望能够有一条龙带着我去看看大海。这大海与龙宫就成为幼年的我对未知世界的想象。

人的想象力当然是建立在社会生活之上的。如果没有听过大人们讲龙王的故事，就不可能去想象龙宫的景象。这种社会生活也隐含了人的价值判断与情感选择。当人们在其成长的幼年时代，能够更多地接受积极健康的价值观，接受良好的情感表达及其方式，其想象力将向着更美好、完善、向上的方向发展。人会在无意识中选择那种积极的表现方式。这也许会影响人的一生。就是说，在人成长的初期，想象力及其表现方式是非常重要的。

也许人们意识到了这种重要性，出现了很多希望能够满足童年或者少年人群精神需求的活动。游戏、体育、劳动、阅读，以及相关的艺术活动，包括文学阅读与创作活动。据说那些非常著名的作家往往会写一些少儿作品。而那些儿童文学作家则被认为是"最干净"的职业人群。正是他们，在那些如白纸一般的人心中绘画。他们使用的颜色、图案、创意将深刻地影响人的未来。而人们总是希望自己的未来将更为美好。

从这样的角度来看，北岳文艺出版社策划出版一套《新语文名家散文精选》就有了非常特殊的意义。这并不是一般的作家散文创作结集，而是有明确的目的指向——为那些正在成长的读书人提供可资参考的读本——它主要不是为了体现作家在艺术领域的探索创新，不是为了研究某个创作领域的来龙去脉，也不是为了让人们获得知识——当然我们也不能排除这样的功能。但无论如何，其核心目的是要为培养孩子们的想象力、审美能力提供一些看起来感到亲切的范文。至少会使读书的同学们能够在写作上有所参照。这是很有意义的。

从体例设计来看，也非常有效地体现了这种目的。这套书选择了十一位作家的散文作品。他们分别生活工作在山西的十一个地级市，有某种地域意味在内，也会强化读者"在身边"的认同。这些作家，大部分我都有接触，基本上了解他们的创作情况。其中有成果颇丰的老一辈作家，也有风头正健的中青年作家。他们的文学贡献也主要体现在散文领域。这对读者的阅读来说有很强的针对性。在每一篇作品的后面，还邀请各地从事教学的名师进行点评，以帮助读者更好地进入作品的艺术情境之中，领略作品的艺术特色，以及文中表露出来的情感状态、价值选择。这是非常好的设计。同时，还邀请相关的专家对每一位作者的作品进行比较专业的综合性论述，便于读者从全书的整体来把握作品。这些作品主要集中在"情"上——故乡之情、父母亲情、友情爱情、事业之情等等。其中一些堪称范文。当然也有一些知识性、研究性与介绍性的作品，亦可丰富拓展读者的视野、心胸。通过这些作品，我们不仅会感受到不同时期人们的生活状态、情感状态，还可以理解作家们表达情感、进行描写的艺术手法，既有助于同学们想象力、创造力的提升，亦有助于同学们写作能力的提高。

　　人的生活状态至少有两个方面。一是显性的、可见的。比如学习成绩、创作成就、劳动收获等等。但还有另一种是隐性的、不可见的。如你会因为学习成绩提高而感到高兴、欣慰；会因为自己的作品受到读者喜爱而增强了创作的动力；秋天收获的时候，会因为这一年风调雨顺有了好收成而感到欣喜，增强了过好日子的信心等等。也可能因为这些，你会更努力地工作学习，更尊重别人的劳动付出，更希望自己做一个好人、优秀的人。相对来说，那些显性的、可见的生活状态往往受到人们的重视，因为其直观，有功利性。但也许那些隐性的、不可见的生活状态对人的成长、完善，以及激发内在动力与想象力、创造力更加重要。它们虽然看不到、摸不着，似有若无，但往往决定了人的情趣、视野、眼界、胸怀，以及精神状态、价值选择与审美能力。正因为这些东西的存在，使你能够更好地面对社会、人生，正确地选择自己的道路、方法，感受到生活的美好、幸福，并保有追求更美好未来的力量与信心。这样来看，这套书意义重大。我真诚地希望大家能够喜欢，也希望有更多的适应同学们阅读的好书面世。

2021年3月21日于晋阳

（杜学文，山西省作家协会主席，著名文学评论家）

梦是我们的无价之宝（自序）

每个人的梦境都是独特的，其背后潜藏的是各自心灵的真相。我想穿越梦境的迷雾，探索自我内心情感世界的秘密。梦境释放的神奇"语言"诱惑了我的浓厚兴趣，多年来的梦海探秘让我体验了一把惊喜。

梦是人类奇异且神秘的精神现象。在人类最早的文字里就有梦的印迹。梦与人关系密切并意义非凡。而这个所谓的"意义"却如同梦境世界一样丰富多彩，且让我们疑惑重重，或许这正是人类乐此不疲地探索梦境的缘由。它仿佛是一个幽灵，主宰了无数心灵的世界。弗洛伊德的《梦的解析》竭力在看似荒诞无稽的梦与梦者的现实经历之间寻找复杂的对应关系。

作为文学写作者，倘若写作时背后站一位"警察"那再糟糕不过，可往往这个"警察"就是你自己习惯思维的影子。超现实主义认为，没有任何一个领域比梦境更丰富，梦把人秘而不宣的东西完全剥露出来，既显示了过去和现在，也预知着未来。继弗洛伊德之后，科学家对梦的更深入精确的研究结果表明，梦并不仅是愿望的达成。

迄今为止，尽管心理学家关于梦理论的观点异彩纷呈，但有一点是共识，即最有可能详尽解译自己潜意识神秘语言的人，应该是做梦者自己。遗憾的是，他们往往拿别人的梦说事。梦不会说谎，有时候我们自以为在清醒时讲着真话，但到了梦里，那个天真的"顽童"会毫不留情地揭穿"皇帝的新衣"。在假象弥漫的尘世，发现真实就愈发弥足珍贵。在维蕾娜·卡斯特看来，重要的梦往往出现在人们面临生活转折，或因巨大变化陷入危机之时。因为我们正在寻求出路。做出抉择是个冗长的、既有意识又有潜意识的过程的结局。最后一击的推动力来自任何一方，我们全然可以把某梦理解成最后的一击。卡斯特的"最后一击"之说，意为潜意识同样参与或者驱动我们的言行，它更像一只无形的手在左右着我们的命运。如果你能打开自我潜意识的门锁，就一定会发现那里还蕴藏着巨大潜能，包括创新思维与灵感。有的心理学家甚至形象地将自我释梦喻为精神保健操，因为它可以释放郁闷或规避风险。

　　如果梦者不懂梦在说什么，尤其是那些对梦者非常重要的梦，岂不等于拥有了一块珍贵璞玉而不知其内在的价值？那样的话，上天平等赐予我们的珍贵礼物——梦，就会被我们白白丢弃。"情感活动伴随人的一生，从梦中世界到清醒世界。睡梦中的情感会影响我们的清醒生活，而且影响是重大的。谁不是满足地从一个美梦中醒来，完全不理会日常的烦恼？或者相反，当我们从烦恼中醒来，我们的心情会被烦恼控制很久。" 国际分析心理学协会主席维蕾娜·卡斯特这一朴素说法可谓揭示了梦对于人的"非凡意义"。

　　梦遗忘的速度是惊人的，有时醒来感到梦境是清晰的，一起床便忘掉了。于是，我就建立了自己的梦境档案。我的梦境里回旋着一个声音：就这样做吧，这一切都是值得的！

谭曙方
2021年7月12日于太原心远斋

目 录

第一辑 时光猛于虎

003　童年旧梦
010　时光猛于虎
017　神奇的提示
021　你为什么走入我的梦中
027　灵魂的感应
032　旅行车票
037　奇妙的巧合
042　戏说盗贼
049　到河对岸去
054　路口的选择
059　飞　车
064　母亲的背影

第二辑 心灵密室

071　奇异的表演
076　钱包与狗及其他

081　心灵密室一瞥

086　地下室记忆

091　必须接受的告诫

096　都市交通恐惧的阴影

102　饭票与募捐

107　荒诞画面

113　青铜器上古怪的字

119　裸体与发怒

125　如何驾驭"绿色的吉普车"

134　愿望背后的愿望

141　神秘的河谷

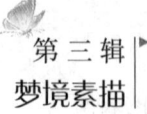
第三辑
梦境素描

149　列车上的相遇

153　情人节之夜

159　博士的隐形车

163　忏悔之醒

167　超　人

171　飞　人

174　考　试

178　楼梯上下

181　枪与乐器

185　士兵与丑陋的老猫

188　小矮人的一箭

192　意象组合

196　我的手表丢了

199　荒诞的自信

202　滑　鞋

206　通透现实与梦幻
　　　——读谭曙方先生的《梦海探秘》
　　　　　　　　　　　　　/ 陈为人

第一辑 梦海探秘

时光猛于虎

我们儿童时代几个玩篮球的伙伴儿，在一个火车站上了火车……火车穿进了一条峡谷，两边都是植被稀少的石头山。就在峡谷中间的某个地方，火车停车了。我们几个伙伴儿下车之后，火车眨眼间不见了踪影……

童年旧梦

我躺在省城一家幼儿园的小床上，床边是一圈淡蓝色的木栏杆，对面白色墙壁高处的一扇小窗户是黑色的，已是黑夜。我知道那个窗外有一堵高墙，距离我们睡觉的这个大屋子的墙壁很近，大约有三五步远，墙与房子之间形成了一个狭窄的死巷。记得有一次阿姨带我们去看过那个死巷，地面上尽是些枯烂的树叶，靠墙的一些地方还散乱地堆着破箱子、桌子之类。巷子两边的墙壁刷着深灰色的涂料，一看就是个无人玩耍、见不着阳光、给人阴冷感觉的地方。如果一个人不小心跑到那里，真是有些恐怖。

一位阿姨就站在我的床边，她用双臂搭在床边的木栏杆上注视着我。当我看着她时，已经开始迷迷糊糊进入半睡状态了，因为她的面孔一点点地膨胀起来，就像一个发起来的巨大的面包，渐渐地与天花板上黄色的灯光融合在一起。我终于睁不开眼睛，梦境的世界就像是一股风，把我卷走了……

梦境——

突然，窗外响起了一连串细碎的声音，最初不知道是什么在响，由远而近，但渐渐地清晰起来，是动物的蹄爪在地上奔跑的摩擦声。

不知什么时候，我从幼儿床上已经下到地面，黑色的小窗与白色的墙壁忽然间不见了，那神秘且昏暗的狭窄死巷就裸露在眼前。

更为奇怪的画面出现了：一群面目不大狰狞的狼在小巷里奔跑，它们互相簇拥着，由远而近地跑过来，一只只地就从我面前跑过。有的狼在离我很近的地方，还边跑边扭着头对着我看。然而，它们都没有吼叫，也没有向我张嘴龇牙。我注视着它们，心里很是害怕，但并没有害怕到大哭或瘫软。我就那么站着，看着它们在奔跑。

那狼群的蹄爪与地面摩擦的声音越来越大，片刻之后，我终于被这声响弄醒了。声音是从左边传过来的，我还是躺在幼儿床上，从木栏杆的条状缝隙里看出去，发现一位穿着白色大褂的阿姨正在一手端着脸盆，一手不停地将脸盆中的水泼洒向地面。

睡梦中狼群蹄爪奔跑的声音，显然就是从阿姨洒向地面的水点声中幻化而来，因为梦境中狼群奔跑的声音仍然留在脑海里，且在瞬间就与阿姨洒水的声音融合在一起，不分彼此了。

此时，对面小窗户外面仍然是黑色的，屋子里仍然弥散着淡黄色的灯光。

是我刚刚睡着一会儿，还是天快亮了，我不知道……

释梦——

童年的梦是一个五彩缤纷的童话世界，让人或陶醉于幻想，或深深坠入恐惧。

这里记叙的是我大约四岁时的一个梦境。事隔五十余年，幼童时期绝大多数的梦是记不起来了，而这个甚至是躺在幼儿床上做的梦，却至今记忆犹新。

为什么那个时期其他的梦大都忘却了，而这个梦却一直留在了记忆深处？显然它对我来讲一定非常重要。五十年之后，来解释自己这样的一个梦，让我有一种探索神秘的兴奋。

记得非常清楚，做这个梦时，我是躺在一个单独的幼儿床上。那是二十世纪五十年代，我母亲在一国营工厂上班，非常繁忙且有倒班加班。听母亲说，我在一岁时就被送幼儿园全托了，每个周六晚才能回家。

我们的幼儿园是一个封闭的大四合院，中间的空地大约有两个羽毛球场大，四周环绕着房屋，这种格局的院子无疑使孩子与家长都有安全感。但就在这个院子里，有两个拐角让我感到非常陌生，或者说给了我一种不安全的感觉。一个是院子东南方向，那里有个通道，穿过通道之后等于出了大四合院，而后向右拐大约是食堂。在幼儿园小班的时候，我一直没有去过那里，但上了大班后，我与伙伴们偷偷地去后面看过，在食堂的后面还有一个院子，比我们居住的前院还大，里面墙边堆着杂物，地面上长着与我们差不多高的荒草。有些年龄比我大的孩子，捡起石头使劲地往远处扔，也扔不到远处的墙边。那个荒僻的地方与我们居住的整洁的前院相比，简直是两个世界。现在想起来，总觉得把那样一个近乎废墟的院子与幼儿园的大院连接起来，显然是不合适的。另一个拐角在我们居住的大院子的西北角，那里北边排房西端与西边排房北端之间有一个狭窄的小通道，大约仅能容两人通过，两排房的房檐几乎对在一起，使那个小通道光线总是昏暗。如果站在院子中央来看那个小通道，它里面就是黑色的，即使是白天也是如此，就像个立起来的长方形的洞口。阿姨们一定是带着我们穿过那个小通道，绕到北边排房后面看过的，印象中就是一堵高高的灰墙与排房夹成的一个昏暗的窄巷，那里面是没有阳光的，没有人，地面上是一些废砖头与野草。那样的地方很是陌生，与我平时看到的规规整整的环境大不一样，阴冷潮湿，甚至有一种发霉且让我感到恐惧的气味。阿姨们带我们去那里做什么？也许是告诫我们别往这个拐角里跑吧，或许就是带我们到那里去吓唬说，你们谁也别跑到这里来，这里有大灰狼。

　　记得阳光明媚的时候，阿姨们会让我们手拉着手走到幼儿园外面去，那时马路边的人行道很宽，有一排排的树。还记得当时有过一种非常奇怪的感觉，就是我看着那个拉着我手的小朋友的面孔就胡思乱想：他的面孔怎么就像街上跑着的公共汽车的前脸一样呢？正正方方的，眼睛就像汽车前面的两扇玻璃窗，鼻子还敞着黑洞般的鼻孔，就像汽车前玻璃窗下方的黑色散气口，嘴巴也与汽车散气口下面的造型有些类似，尤其是两个招风耳，多像汽车驾驶室两边的倒车镜啊！当我注视小朋友的面孔时就这样联想着，而且还不时地扭头去看街上过往的汽车，等回过头来再看小朋友的面孔时，就又这么想。这真是很有意思，人在幼童时期从视觉上可引起丰富的联想，会从此物联想到彼物。幼童是通过视觉加触觉加听觉来感知这个世界的。同样推理，幼童时期在嗅觉、触觉、听觉及内心世界的感受等方面也一样是有着丰富的联想力的。通感是人所具有的特异本能，它能够将人的各种感觉联系串通起来，让你由此联想到彼。

　　在我睡觉前，天已经黑了，阿姨在床边注视着我，她或许喜欢我，因为她没有用手臂靠在别的床前去注视其他孩子。这一点母亲后来也曾告诉我，她说当时幼儿园的阿姨们对我有些偏爱。对面墙壁高处的那扇小窗户没有窗帘，外面是漆黑的夜，看不到星星与月亮，因为那窗外高高的墙壁遮挡了一切，再说屋里还亮着灯光。我当时或许是对窗外的黑暗有些联想的，当然也许是联想着令人害怕一类的事情。而昏黄柔和的灯光使我安静下来，因为它的光线弥散在整个大屋子里，就像一种雾气。阿姨的面孔使我感到温馨与安全，这也是她的面孔在我的视觉里渐渐膨胀起来且与黄色的灯光融合的原因。她就在我的身边，目光抚在我的脸上。于是，我就安静地睡着了。

　　然而，是另一个阿姨在用水盆往地上洒水的声音触动了我的听觉神经，那声音噼里啪啦的，诱发了我睡着前对小窗外黑暗世界的恐惧，并变成了具体的形象。我知道窗外是一个昏暗狭窄悠长的死巷，想必阿姨说过那里是有大灰狼的，或许我想象着那里是个令我害怕的地方，果然就有了象征害怕或者恐惧的狼群从那里跑了出来。幸亏我没有见过真正的大灰狼群，也许见过的是些图画上的狼，或者是动物园里铁笼子里的狼。反正没有见识过真正凶残的狼。于是梦里不至于在狼群面前瘫软倒地，或者是吓得尿床。但是，毕竟这样的梦对一个幼儿来讲，算是一个极其恐怖的梦。

幼童对想象与现实的界限辨别不大清晰，所经历的恐惧与噩梦，就像刀刻一般留在心灵的深处，甚至会伴随终生。在宽敞的四合院里，听阿姨讲美妙的故事，无论是在阳光明媚的室外，或者是被雨雪关在屋里，孩子们都会感到温暖与开心。如果是到大自然里面去，满视野的绿草、树林、山丘与清澈的小河，也会给孩子们一个甜美的梦境。但是，阴暗且杂草丛生的死巷，暗夜里没有窗帘的黑窗，阿姨或者父母所讲的恐怖故事，甚至是在儿童熟睡之后周围发出的不悦耳的声响等等，或许就会让你掉进一个噩梦的深渊。

英国作家约瑟夫·康拉德说，在采摘记忆之果时，你得冒损伤它美丽表皮的风险。如今的我只能想起这个梦境的一些细节，而对于梦境中的恐怖场面给我心灵造成的伤害后果，已经无法追溯，我自然也就无法用语言来准确地形容描述了。

四合院无疑给人以安全的感觉，而封闭的校园、封闭的城墙，是放大了的四合院。然而，安全是相对的，四合院里面的人所做的无论是美梦或噩梦，也往往与四合院有关。

2010年11月10日
2020年3月修改

赏 析

这是一个诞生在摇篮里的梦。"一位阿姨就站在我的床边，她用双臂搭在床边的木栏杆上注视着我……她的面孔一点点地膨胀起来，就像一个发起来的巨大的面包，渐渐地与天花板上黄色的灯光融合在一起。"作家是多么善于表达自己童年的感觉记忆啊！这是一组长句，里面包含了诸多信息，"我的木床""床边的木栏杆""阿姨注视我的目光""黄色的灯光"等等。这场景让"我"感到既熟悉亲切，又淡雅安静。在这样温暖的氛围中，"我"自然而然地进入了梦中。作家不但用"膨胀"一词来形容"阿姨的脸"，而且还用"巨大的面包"作比，再一次强化"阿姨的脸"，而这"脸"又与"天花板上黄色的灯光融为一体"。鲁迅先生说，刻画一个人，最好是刻画他的眼睛，比如闰土、祥林嫂等。但作家谭曙方在这篇文章中却抓住了"阿姨的脸"，不断地烘托、渲染、加强，给我们形象地描述出了"我"瞌睡时候眼前一片模糊的状态，渐渐地，只剩下一片黄色的"光晕"了。这样的表述，给人真实、可感的印象。当然，这一切又都源于作家丰富的想象力和深厚的写作功底。

作家在行文中类似的表述俯拾即是。

"他的面孔怎么就像街上跑着的公共汽车的前脸一样呢？正正方方的。眼睛就像汽车前面的两扇玻璃窗；鼻子还敞着黑洞般的鼻孔，就像汽车前玻璃窗下方的黑色散气口；嘴巴也与汽车散气口下面的造型有些类似；尤其是两个招风耳，多像汽车驾驶室两边的倒车镜啊。"想象是与生俱来的，它也是人未来创造世界最重要的因素。可以说，没有了想象，也便没有了创作。李白的《梦游天姥吟留别》，写到梦中情景时说："青冥浩荡不见底，日月照耀金银台。霓为衣兮风为马，云之君兮纷纷而来下。虎鼓瑟兮鸾回车，仙之人兮列如

麻……"如此梦幻，如此瑰丽的情景，与作家的文化素养固然是分不开的，但更重要的还有作家细致的观察、丰富的想象和敏感的心灵体验。

整篇散文，作家将自己的梦境与对梦境的解释巧妙地结合在一起，还给我们一个五彩斑斓的幼年世界。于是，那段远去了的时光，便又在我们的眼前复活了一样，真切、感人，让人回味。

（任爱玲）

任爱玲，笔名西月，高级教师。从事高中语文教学工作多年，曾荣获山西省骨干教师，太原市高造诣学科带头人，太原市优秀教师，太原市优秀班主任等称号。系中国诗歌学会会员，中国散文学会会员，山西省作家协会会员，山西省女作家协会会员。出版书籍有《静水潺湲的日子》《今夜西窗又雨》《桃花扇评注》及《尘世之光》等六部。许多作品收录到《一阕天歌梦之路》《亲情抒怀》等多种选本。曾获2018年山西名胜古迹风貌征文大赛一等奖，在2018年第二届"阳光杯"短诗大赛和2019年全国首届"文学高地"诗歌大赛中，均荣获"十佳诗人"称号。

时光猛于虎

梦境——

我们儿童时代几个玩篮球的伙伴儿，在一个火车站上了火车……火车穿进了一条峡谷，两边都是植被稀少的石头山。

就在峡谷中间的某个地方，火车停车了。我们几个伙伴儿下车之后，火车眨眼间不见了踪影。

峡谷中间地带是一条小河，周围空旷无人，这里似乎就我们四五个小伙伴儿。其中一个年岁比我大一些的叫二宝，他蹲在河流边高声喊，发现了小乌龟。我问他乌龟有多大，但奇怪的是他没有回答我。不一会儿，我就看到从河边的草丛里爬出了一只巴掌大小的乌龟，它背壳上的图案很清晰，也很漂亮。看着它，我心里有一种欢喜感。

这时，二宝的旁边又多了一位近年来我在某学校结识的年轻人，他是留校不久的毕业生。这一个新人的出现，使我豁然想到眼前的境况不是我的儿童时代，而就是我的现在。这么想着，眼前的小伙伴儿也就变成了成年人。

顺着乘火车来的方向，我抬头向右边对面的山上望去，忽然就看到半山腰里有一群色彩斑斓的老虎，有七八只，它们中等个头，正在石山的路径上慢慢走动，是朝着我们这个方向来的。老虎的个头虽然不大，但毕竟是老虎，我突然就想到了《水浒传》中李逵下山接老母亲时，碰到的那些个个头虽然不大但却吃掉了他母亲的小老虎。尽管老虎在远处的山上，离我们还有些距离，但我仍然感到了恐惧。

我招呼着伙伴们向左边身后的山间小道走，心里想着越过这边的石山走出峡谷去。但上了一个小坡后，一转弯又看到一只中等个头的老虎站在前面，虎视眈眈地盯着我们。这次距离老虎太近了，我赶紧就往回退，奇怪的是不知为何没有扭头往回跑。没有想到那虎居然跟了下来，就在它走到一个转弯处时，我突然看到离虎不远处的小路边坐着伙伴二金，我急忙连连高声地喊叫，让他躲避，但就在我的喊声中，老虎已经到了他的身边。二金看到了老虎，吓得哆嗦，试图站立起来，但没有站直，而是半立着，好在他猛然从地上捡起了个木棍子，一下一下地杵在老虎的面前吓唬着。相持片刻，老虎终于没有攻击他……

释梦——

早晨起来，一边忙碌地洗漱、准备早餐，一边仍然在想着这个梦。儿时的伙伴、火车、山涧、乌龟、对岸山崖上的老虎群、身后的独虎，这些内容彼此间究竟有什么关联呢？这些骇人的画面显然是话中有话，而绝非一个简单的令人恐惧的噩梦，其背后的寓意是什么呢？就说这老虎与我们乘坐的火车有什么关联呢，着实令人费解。梦里那些个儿童时代的伙伴始终徘徊在脑际挥之不去。

说来也怪，就在我低着头一勺一勺地喝牛奶的时候，答案来了，就仿佛自己找上门来一样。这个答案就是：时光猛于虎！

新的一年开始了，恍惚间我突然意识到自己已经站立在"知天命"与"耳顺"的中间地带。头发花白，胡子一天不刮就密集地滋生出来，常常在公交车上被小朋友让座。有时还会被年轻人称为"老先生"，尽管听着内心极不舒服。不管你愿意还是不愿意，高兴还是不高兴，这些让你陌生又熟悉的东西一日一日地频繁出现，叠加在潜意识的敏感区域。

在接受了众多新老朋友的新年问候之后，近几日常常不由自主地想到自己的年龄问题。时光穿梭，三十多年前的中学时代仿佛就在昨日。

前不久看了诗人洛夫先生写的一首诗《秋叶》。诗人用超现实主义的手法，借深秋季节的落叶纷飞，用伸出的一只手去接着一片飞来的秋叶时的感触，表达了对时间流逝的恐惧。他甚至听到了那片落在手上的秋叶碎裂之声响。这首诗深深地印在了我的内心深处，震颤了我内心对时间的恐惧，在我本来就颜色深重的"时间情结"上又重重地涂了一笔。大量被压抑的恐惧或曰急迫的感觉，一定是岩浆一般地在潜意识深处涌动、奔流……

回首以往，尽管始终在人生的旅途中不停顿地走着，但由于种种复杂的原因，似乎一直被迷茫所惑，生存与追求彼此互不相让，就像相互间的影子。接下来的日子，离无忧无虑的童年时代渐行渐远，且为时不多，未来的路该怎么走？好多好多未能得偿之夙愿纷至沓来。比如写作，常想的就是某一段生活或某一个人物的系统书写，而不是推敲某一篇文章。到了这把子年纪，我还不想仅仅靠休闲与爱好打发日子，还想着做点于社会或别人有着实际意义的事情，说不好听点就是年轻时的那番豪情还贼心未死。

可这一切都需要时间，我还有充足的时间吗？还有多少可供我支配的时间？即使我的心态再年轻，也会在新年的钟声里听出急迫的足音。

梦中，为什么是与童年玩篮球的伙伴儿乘火车而行呢？我的童年，最无忧无虑的日子当是与伙伴儿打篮球了，那是在进中学前的一段时光。我们筹钱买了篮球，常常是一起到很远的球场去打球，输赢

的感觉记不清楚了，倒是那种对时间忘乎所以的快感至今令人恋念。就是从那时起，我们乘坐的"时光火车"一直驶到了今天。可这里的"恋念"即回首往昔，即想着要是能够再次回到童年该多好啊，于是"时光火车"再次拉着我倒着开了回去，与童伴儿一起，就在"童年"那一站下车。但这毕竟是梦想，于是梦就让一位我最近几年结识的一位同事走了出来，从而出现了时空交错的感觉。

沿途的风景为什么是植被稀少的石头山呢？这实在是一幅绝妙的象征画面。记得从学校走向社会时，感觉是新鲜和兴奋，师友的告诫根本听不进去，但现实的残酷很快就将学校里那些脆弱又美丽的梦想碾成了齑粉。任何环境里都充满了激烈竞争，无非是表现不同而已。经历了几十年拼搏奋斗之后，绿色的青春都被岁月剥蚀走了，裸露与剩下的当然就是植被稀少的"石头山"了。头部曾经茂密的黑发，已被时光剃走，不也类似于光秃秃的石头山？再过若干年，人就只剩下白骨骨架，那就更像石头山了。

石头山或许还暗喻坚硬与残酷，不光是花前月下。这其中的故事随手拈来，都可以写出长篇大论。我曾经做过野外测量员，山西省境内的大多数县都去过。黄河边上的那些山，远古时期本来植被茂密，但如今呢，经过岁月的洗刷，当然包含人类贪欲过度的砍伐，水土流失，基岩裸露，变得越发苍凉。自然与人都是如此，梦境寓意深远。

右边山坡上的一群老虎让我联想到了李逵母亲被小虎所吃的故事，说明它们让我恐惧。这里的老虎象征的仍然是可以吞噬一切的时间。为什么是一群小虎，而不是大虎呢？我想这与我人到中年并即将步入老年的矛盾心态有关。我还没有被时间逼迫到拄着拐杖蹒跚而行的地步，所以时间的威力对我来讲更多的是想象的恐惧，真正吃人的时间之虎离我还有些距离。

我企图逃避"虎"的步步逼近，于是向身后的山上走。但毕竟时间无所不在，弥漫了我们生活的所有。它就在一个拐弯处截住了我，这一次真是一个个头较大的"虎"，面目清晰可辨。我真是有些害怕，但还不至于挪不动腿，我急速地后退，眼看着那虎追到了伙伴二金。二金比我年龄稍大几岁，应该离"老虎"比我近，这个画面情节的潜台词是：如果我的年龄再大一些，那么"老虎"的胡须触碰的就应该是我。接下来，梦让我更逼真地看到了这样恐惧的一幕——二金与"时光之虎"的搏斗。然而，"老虎"并没有伤害他，于是距二金还有一段距离的我，也就自然相对安全了。

梦的构思与表演合乎情理，其情节的利用以一当十，甚至吝啬到绝不多做一个动作。从中也可以想到，它是多么精妙地反映了你内心潜意识的复杂活动。

两边的山上都有"虎"，那是一种示威，潜意识中的恐惧只是一种感觉，梦将这种感觉表演为凶猛的"虎"。这种时间流逝方向的唯一性，或曰不可逆性，让你既无法返回——火车不见了，也无力突围——两边都有"虎"，就是说没有回程票。万幸的是峡谷低处往前走的路子仍然是通的，那是顺着河流走向远方的路子——梦在这里偷偷地给我指出了一条希望之路，而没有让我进退维谷。

在小河流里，其中的一位伙伴儿发现了乌龟，我甚至在梦里还高声地询问那乌龟有多大个儿，这其实是潜意识对于自己未来可利用时间长短的一个担忧或疑虑。我希望看到它的大小，也期待伙伴儿的回答，但伙伴儿没有回答，这再简单不过，谁又能回答这样的问题呢。乌龟的象征意义当然是长寿了。伙伴儿发现了乌龟，其实是我的潜意识希望找到乌龟，抑或就是我内心渴望着再拥有更多的时光。梦里漂亮乌龟的出现满足了我的这一愿望，它给了我愉悦的快感。

我也自然地联想到了梦境中的伙伴儿，他们是梦的道具，也可能是我潜意识中不同感触意识的形象代表。梦可真会挑选合适的角色。

  从峡谷到蔚蓝色的海还很遥远,我还有时间从容地继续走新的旅程……

2010年1月10日
2020年3月修改

  这篇散文,写时光,写时光的流逝,这本来是个老话题,但是作家独辟蹊径,从梦境说起,植被稀少的石头山、峡谷、小河、河边的草丛、巴掌大小的乌龟以及龟背上清晰的图案……这些意象有着怎样的象征呢?《论语·子罕》中说,子在川上曰:"逝者如斯夫,不舍昼夜。"时间就像这奔流的河水一样,不论白天黑夜不停地流逝。作家说,时光猛于虎,这让我们感到时光流逝的恐惧。在时光的流逝中,我"头部曾经茂密的黑发,已被时光剃走与漂白,不也类似于光秃秃的石头山吗。再过若干年,人就剩了一堆白骨,就更像石头山了"。这样的场景,不是让人更毛骨悚然吗?是的,这正像作家所说的"几十年拼搏奋斗的经历之后,绿色的青春都被岁月剥蚀走了,裸露与剩下的当然就是植被稀少的'石头山'了"。

  在这里,请大家关注作家诗一般的语言,比如"曾经茂密的黑发,已被时光剃走与漂白"。我们的"黑发"是让时光"剃走"的?多么形象生动!这让我们想到了剃刀,想到了手拿剃刀的人。原来我们的青春是被"时光"这个剃头人"剃走"的啊!我们的黑发是被"时光"这个漂白剂"漂白"的啊!

  当然,还有像"绿色的青春都被岁月剥蚀走了"这样的语言,都让我们感受到了作家对于语言的驾驭能力。哦,这"青春"原本是

"绿色"的，但最终却被"岁月剥蚀走了"。这样的表述，让人更深刻地感受到了"时光猛于虎"的残酷。是的，谁都想如"乌龟"一样长寿，尽管它只有"巴掌大小"，但是，谁又能抗拒得了"时光"的雕刻呢？

语言是构成文章的材料，是作家思想的载体。作家通过自己的视角，把时光流逝表述得如此真切、生动，如此让人感到害怕甚至恐怖，这是不多见的。

作家说，他曾经做过野外测量，黄河边上的那些山，远古时期本来植被茂密，但经过岁月的洗刷，人类过度的砍伐，水土流失，如今早已基岩裸露，变得越发苍凉。大自然与人是何其相似啊！这也告诉我们，梦境虽然是梦境，但寓意却很深远，这大概也就是作家所谓他梦境中的"石头山"，也许还暗喻着"残酷与坚硬"吧。

(任爱玲)

神奇的提示

梦境——

也许是着急要去办什么事，我急着穿裤子，是冬天的毛裤。可当腿脚伸到裤管里时，却怎么也无法将脚抻出那个狭窄的裤脚口，那个急啊！由于无法穿上裤子，有劲使不上，浑身都变得燥热而又酸软起来。尤其是两只手臂，越使劲就越不听使唤，仿佛不是自己的一样。肢体与大脑指挥成了游离状态，并直接导致了内心感觉的变化，焦虑与烦躁，仿佛有一股无名火从内心弥漫全身。

这种难受劲有些像在深水里浮不出水面，硬是憋着，直至从睡梦中醒来……

释梦——

我有好多条毛裤，可是这年冬天穿了一件裤脚口比较紧的，所以每每穿起来有些吃力。由于天气冷，事情忙，就懒得更换。记得昨晚洗脚后，脱毛裤时由于脚未完全擦干就很不顺利，是使了劲反复几次才让裤管口从脚踝上褪出来的。当时内心不舒服的轻微烦躁还是能够回忆起来的。

问题是类似的梦在之前的一个星期里已经出现过。上一次是梦到了想撑开毛裤裤腰处的松紧带，从而好将内衣塞进去，可就是塞不进去，因为松紧带太紧，使我的手臂在反复的撑拉中松软无力。假如说这个提示距离实际的情况还有些差距，因为实际的情况是裤脚口比较紧，那么昨晚梦的提示简直就是与实际情况非常相似了，也就等于是直接用形象告诉我：你目前的裤脚口不合适，却还忽略了我不舒服的感受，所以也给你找点麻烦，让你干着急，穿不上裤子！

白天醒来后，我原本并不在意这个琐碎的梦境，无非是一个简单的暗示，没有什么特殊的价值。但当我在白天工作或午休时，梦中情节——兴许是为了引起我对这个珍贵礼物的注意——还是跑出来晃一晃，似乎是说：你别忘记了我啊。这下子倒是引起了我的注意，仔细想来，这个梦还真是有特殊的价值。

这个梦境中仿佛有另一个我的存在，他受到了委屈，并在不断地通过这种让你感到难堪或者说不舒服的感受，来告诫你对他的不友好，甚至是虐待。我终于决定，接受梦中那个原始人的提醒，或者说是抗议，好好善待他，明天一定换一条宽松一些的毛裤。这样，想必会让体内的那个他在我睡着的时候也好好休息休息。

联想还远远不止如此，我还知道了梦的提示的价值所在。我们的躯体与神经系统异常敏感，而我们往往忽视了它们不适的感觉，而这种忽视所造成的后果，此梦境已经生动地表演了一番。举一反三，如果我身体的这架精密仪器发生了异常运转，想必潜意识也会早早察觉，并像那条毛裤的狭窄裤管一样反复表演或曰提示在梦中。非常遗憾的是，我们往往忽略了梦的提示，或者根本就没有明白梦的暗喻。因此，我们就有可能丧失了调整自己不适的机会，而滑向了一个不可逆转的深渊。

梦境能够反映人的隐形压力、郁闷情感、心灵创伤甚至于疾病——这一点已被有关研究所证实。倘若我能够敏感地意识到梦的提

示,并像一个老练的侦探那样即时破译其神秘的图画密码,进而适时地调整、补救自己的相关行为习惯等等,那岂不就可以规避风险了吗?一个社会的人,其不适的感觉来自社会的方方面面。此梦境看似简单的意象,却有着非常丰富的内涵,她是一个象征,是一个闪烁五彩光泽的多切面宝石,你从中可以琢磨出多种韵味。也就是说,来自潜意识的梦境表演异常灵敏,并及时地反映着我们的肉体与精神的活动。

其实最有可能探究梦境真相的就是梦者本人。每一个人的经历和思维方式都是独特的"这一个"。

就像善待自己的身体一样地好好善待自己的梦吧,她绝不会说谎,无比忠实于你,比清醒时刻的你还更清醒,有时比你还更爱你。令人遗憾的是,我们往往并没有在意这个藏在我们体内的神秘精灵。在梦的看似即兴表演的背后,着实凝聚了我们自身所有的智慧,而由于其难觅知音,可以想见"她"的孤寂、痛苦与悔恨,而那些无数费尽心机的梦境或许就是含恨随了主人一起消失于这个美丽的世界。

2009年12月20日
2020年3月修改

 赏 析

生活的外延有多大,创作的外延就有多大。

这篇文章,作者选取了生活中最为平常的一件小事——穿毛裤,在看似诙谐幽默的表述中,却蕴藏着深刻的道理。生命中,我们有多少东西需要适时地调整,适时地补救,比如我们的语言、我们的行为、我们的心态等等。而梦,作为有着丰富内涵且玄妙神秘的一种

存在——当然，它首先必须是一种存在——它很多时候都有着不为人知的象征意义。正如作家所言："她是一个象征，一个反映五彩光泽的多切面宝石，你从中可以琢磨出多种韵味。也就是说，来自潜意识的梦境，她的表演异常灵敏，并及时地反映着我们的肉体与精神的活动。"作家把梦比作"宝石"，可见其珍贵；而"多切面"又反映出梦境的斑斓多姿，玄幻美妙。我们中华民族自古以来就很重视梦的暗示，从"周公解梦"到"南柯一梦""黄粱一梦"，从弗洛伊德对梦的解析，到今天这部《梦海探秘》，无不告诉我们，梦，在很多时候，对我们的生活有提示或者有提醒的功能，让我们不断地矫正自己，走向更加优秀、更加精彩的人生。从这一点来说，这梦又何尝不是一颗"宝石"，而且还是一颗多姿多彩的"多切面宝石"啊！

　　文章的最后，作者深情款款地提出："好好善待自己的梦吧，她绝不会说谎，无比忠实于你，比清醒时刻的你还更清醒，比你还更爱你。"否则，"她会孤寂、痛苦、遗憾"。作者再一次用拟人的手法，从反面告诫我们，不要让这具有暗示作用的梦境含恨离开这个美丽的世界。这一结尾，惊世骇俗！难道梦也会死吗？会的。当我们的躯体最终归入泥土的时候，那些曾经五光十色的梦境便也会随之而去了。这样的结尾，值得我们回味、深思。

（任爱玲）

你为什么走入我的梦中

梦境——

大约是早上4点30分，我醒来后睡不着了。我将关节炎治疗仪贴片和绑带固定在曾经受伤的右脚踝骨上，启动了开关。二十分钟后，我解掉绑带，喝了一杯水，又开始睡觉。不一会儿，一个清晰的梦来了。

不清楚是自己的家还是在外地的什么地方，一套房子内里间的床上睡着我的父亲，他背对着我，我看不到他的面孔。片刻之后，我仰头从高高的窗户上看到了涌动的水，感觉那是海水，蓝色的浪头已经拍打在窗户三分之二的高度上。我十分惊惧，忙喊着家里人赶快穿衣服，准备逃生。可自己的腿脚却疲软得怎么也蹬不上裤子。

我爬到窗户边上想看看外面的情况，可玻璃变成了模糊的，只能从一小片透明处看出去。奇怪的是那海浪居然退潮一般远去，院子里是一片花草。我不敢相信，再次往外观看，还确实是没有了海的踪影。于是我返身下来，坐在椅子上。可这时床上坐起来的居然变了一个人，不是我的父亲，而是我三十多年前熟悉的一位长者，他的名字叫潘瑞征。潘先生不知什么时候又仰躺在了客厅的木质沙发上，抽着一根长而粗的雪茄。在我面前的茶几上摆着雪茄的盒子，那上面的牌子清晰可见……

释梦——

说来也真是奇特，我做这个梦的日子距离父亲去世两周年很近，约还有两个月。母亲信仰佛教，做此梦的前两天——阴历十月初一，按照母亲的吩咐，我去了趟郊区的普贤寺。这一天，按民间的传统是为辞世亲人送寒衣的日子。上午，当我双手合十听法师诵经之前，他一再告诉我要想象父亲就在身边，实际就是一种心理暗示。我多么想见见父亲，哪怕是在梦里。法师的暗示加我的愿望兴许就成了这个梦境的诱因，俗话说"日有所思，夜有所梦"，还真是灵验。

父亲真的在梦里出现了，之所以看不清他的面孔，也许是理智在告诉我要想见父亲的清晰面貌已是多么不容易的一件事。梦就像一位高超的导演，在潜意识与意识的配合下，让父亲背对着我躺在床上。理智的意识并不会昏睡得没有知觉，一个失去父亲的人要想在梦里完全地实现内心深处的愿望是不可能的。

那么，拍打在窗户上的海浪是什么意思呢？梦醒的当天我还真是没有缕清头绪。到了第二天，我给亲人讲这个梦的时候就突然意识到，那恐怖的浪头正是父亲在医院抢救时给我造成的恐惧记忆象征。倘若"海浪"从窗口打进来，对父亲与我无疑都是一个天大的灾难。那时的恐惧在内心深处埋下了一个情结，一个希望父亲康复的美好愿望与医生无力回天的冷酷现实相互冲突的情结。而当"想象父亲就在身边"的诱导一再于耳边响起时，那个被时间掩埋的"情结"就被激活在梦中。

那么，潘先生呢？在这个黎明，你为什么走入我的梦中？为什么在里屋睡在床上且面孔模糊的父亲，骤然就变成了面孔清晰的潘先生？

那还是20世纪70年代初，有一年夏天，我被单位派到位于太原市清徐县的某农场种水稻。潘先生当年也在该农场种水稻，就住在我的隔壁，算是邻居，他已经在那里劳动近两年了。潘先生曾经是傅作义将军的属下，在农场劳动时的身份是山西省粮食厅副厅长，一个人看护着几十亩水稻。我那时还不到二十岁，对轮派到农场劳动没有多大兴趣，且有一种被流放的感觉，整天闷闷不乐。而潘先生却整天见谁都一副和蔼微笑状态，他早早地就扛一把铁锹上地了，到吃饭时才回来。每到晚上，他就用一盆热水擦澡。慢慢地我与他熟悉了，就经常到他的房间聊天。他也没有玩象棋打扑克的爱好，空闲时总是戴一副眼镜在看书。他看我对哲学、政治经济学也有兴趣，就常常与我交流。记得最清楚的是，他不止一次地对我说，解读马克思《资本论》的一把钥匙就是：生产的日益社会化和生产资料的私人占有之间的矛盾。对于当时还没有系统读过《资本论》的我来说，并不能深切领悟他简练精辟的概括。他还常常在昏暗的灯光下拿着《自然辩证法》一书，对恩格斯的天才表示出赞叹。

　　他的劳动强度很大，常常是黄昏时分才从水稻田里直起腰来。有时候我走晚了，就与他一道扛着铁锹，对着即将落山的太阳，顺着水稻田埂往回走。有一次，他望着傍晚金黄的太阳对我说：莫道桑榆晚，红霞尚满天。那个时刻，我扭过脸看他，只见他微笑自信快乐的脸被阳光照耀着，连那些皱纹也仿佛是微笑一般。

　　潘先生单位每半个月派一个人来检查，并接他回太原一次。每当来检查的人在田头与他谈话时，潘先生仿佛是变了个人，脸上没有丝毫的笑意。遇到水稻灌浆的关键时刻，稻田边的水渠里有时就没有水，因为上游放水之后，有的农民就会在半夜里中途掘口子把水引走。那时，我们晚上都得带着手电、铁锹在水渠边上巡查，潘先生自然也不例外，否则水稻因缺水就灌不上浆。有时在深夜遇到有偷水的缺口，用铁锹无济于事时，我们就跳入齐腰深的黄水里堵上缺口。遇到这种情况，我们就绝不让潘先生下水，他的年龄比我父亲都大好多。

我离开农场后就再没有与潘先生联系过。大约是几年以后吧，有一天，突然有人以潘先生的名义到我单位来找我，并送我了两本书，一本是苏联版的《政治经济学》，另一本是《马克思资本论导读》。书已经旧得变色了，在扉页上有潘先生当年买书时用钢笔签写的"瑞征"两字及年月日。潘先生与我是忘年之交，他被平反恢复厅长职位后居然还想到我这个普普通通的年轻人，着实让我感动。

之后，潘先生成了山西省副省长。有一次在省里开会时，我远远地看到他坐在主席台上。我也常常在《山西日报》上看到他的照片，多想找机会去看看他老人家啊！可总是在想，潘先生已经是省长了，一定非常忙碌，而且不一定容易见着，故而不知不觉地拖了下来。直到有一天在《山西日报》上看到潘先生的遗像及生平介绍时，我呆住了，端详着他慈祥的笑脸，我的泪水一滴一滴地落在了报纸上。

潘先生在我的心目中慈祥、可敬，他不仅是一位长者，也是一位可以谈心的朋友。而我的父亲，在我小的时候基本是严厉多于慈爱，他的慈爱往往体现于行为之中，而不在语言里。那个年代，人人都面临着生存压力，父亲在不堪重负的压力下也许无暇与自己的孩子有更多的亲近，甚至还常常对我发脾气。只是在我工作之后，他觉得我突然间长大了，才慢慢地开始与我平等地交流起来。而作为父亲与我交流的这个曾经的缺失，在现实中恰恰由潘先生给补上了。潘先生慈祥可敬可亲的特点，在我父亲的身上同样具有，这一点也是在我失去父亲后才醒悟到的。由此推测，梦中的潘先生仍然是父亲角色的替换，或者说就是父亲另一面特征的展示。

梦采用了一个"集锦"与"借代"相结合的表现手法，将具有共同特质的父亲与潘先生，在梦中一个特定的场景中自然地进行了转换。这种"转换"是出于我内心潜意识的需要，即在父亲去世之后，父亲在我心目中的形象渐渐地丰满立体起来，尤其是原隐蔽在他外在言行之内的慈爱凸显了出来，给了我深深的震撼。梦之所以选择了潘先生是经过精心挑选的，亦可以说是万里挑一，因为自打潘先生去世之后，我由于工作忙碌，几乎极少回忆起潘先生。一晃二十多年过去了，即使在做这个梦之前的一段日子里，我也没有任何忆起潘先生的缘由。

梦的天然特异机能再一次让我顶礼膜拜，她居然从茫茫人海之中筛选了最适合我内心需要的人物，来吻合我强烈的感情愿望。

潘先生生前并不抽烟，可为何在我的梦中变成了一副抽雪茄的神态？这个抽雪茄的姿态与他生前的形象大相径庭。而且我在梦中还看到了潘先生身旁的茶几上放着一盒名贵的雪茄烟盒，盒子上的字迹都清晰可辨。他的这副样子一下子又拉远了我与他的距离，有了陌生感。其实，这或许就是他后来身居副省长高位而在我心理上留下的心理痕迹。记得当初每每想到他已是副省长，原本想去探望他的念头就犹豫起来。为此我至今懊悔不已。

2007年11月12日
2020年3月修改

赏析

父亲，是一个永恒的话题，严厉也好，慈爱也罢，总会伴随我们一生。这篇散文，谭先生用梦的方式，再一次表达了对父亲以及像父亲一样的潘先生的深切怀念。在梦境中，先生为我们展示了一幅这样的画面："潘先生不知什么时候又仰躺在了客厅的木质沙发上，抽着一根长而粗的雪茄。在我面前的茶几上摆着雪茄的盒子，那上面的牌子清晰可见……"简单的几笔，勾勒出了梦境中的场景。尤其是那

"木质的沙发""长而粗的雪茄"以及茶几上雪茄的盒子,这些意象的组合,极具画面感,给人一种亲切、温暖甚至厚重的感觉。

文章在娓娓叙述的过程中,渗透着作者对父亲深沉而强烈的怀念。一句"我多么想见见父亲,哪怕是在梦里"读后不禁让人垂泪。接着,作者继续咏叹,梦在提示"要想见父亲的清晰面貌已是多么不容易的一件事了",但作者又清楚地知道"一个失去父亲的人,要想让他在梦里完全地实现内心深处的愿望是不可能的"。呜呼!父已逝,复何见?"那个被时间掩埋的'情结'就被激活在梦中。"在这样的时候,"梦"是多么神奇地让"我"见到了"久违"的父亲啊!

这篇文章构思巧妙,在回忆父亲的过程中,还着重回忆了像父亲一样慈爱的潘先生。在作者的印象里,潘先生曾经给予自己很多人生的启迪,比如"……潘先生却整天见谁都一副和蔼微笑的状态。他每天早早地就扛一把铁锹上地了……空闲时总是戴一副眼镜在看书……""只见他微笑自信快乐的脸被阳光照耀着,连那些皱纹也仿佛是微笑一般"。可以说,是潘先生的精神气质吸引了当时还很年轻的"我",让"我"知道如何面对挫折,如何面对劳动,且从潘先生的身上更找到了读书的乐趣。也许,潘先生正是作者的启蒙导师吧。

(任爱玲)

灵魂的感应

梦境——

仿佛是在一个小宾馆或父亲单位的楼下，一楼是酒楼，我在等待着聚会吃饭。此刻忽然间冒出一种内疚心理，想着如果没有父母日积月累的精心养育，岂能有今日自由自在地四处游走且赴宴品尝美味佳肴呢。进而又想着父亲在楼上某个房间，我应该给他送点什么好吃的东西去的。我向门房询问情况，他告诉我父亲在一个什么园内，意思是比较高级的一个房间。

门房里有一些外国姑娘在化妆，我稍稍地感到有些奇怪，但没有迟疑，扶着楼梯跑了上去。

但楼上并没有什么房间，场景变了，面前是两个篮球场。有人在打球，但每位球员的面孔是模糊的，我穿过球场时有人将球扔过来给我，我闪身躲过。我甚至无暇顾及那个扔球给我的人是什么模样，只是匆忙地往前走。在球场边沿，一条又深又宽的大水沟挡住了去路。隔着水沟，我可以看到对面的远处有条公路，还有公交车站牌子。此时的我似乎忘记了是从那个酒楼一层跑上来的，我想到水沟对面的车站去坐车，于是绕道并从水沟的坝堰上下去，因为在水沟的一个拐弯处可以不必涉水而越过去。就在下坡时，由于急促，一个大滑溜差点让我掉到水里。而此时的水沟边突然泥泞起来，我脱了鞋袜，光着脚走了一段，而后终于爬上了水沟对面的陡坎。

　　然而，原先看着是公路及车站的地方变成了海，浩瀚的令人恐惧的海，一个一个地翻滚着一米多高的浪头。我无奈地站在海边，注视着大海，心里空荡荡的……

释梦——

　　就在我早晨起来记录这个梦时，一个巧合如同闪电般让我感到震惊，因为当天恰好是我父亲去世四周年纪念日。心里还嘀咕着，这梦可真是神了。

　　自父亲去世后，我们家里人每年都要选几个日子，包括父亲去世日子的前后几天，去太原双塔寺陵园祭奠。最近也准备要去的，只是家里人还没有商量好具体的时间。奇妙的是梦来提醒我了，仿佛是一个事先定好时间的闹钟，它准时地响了。一年三百六十五天，它居然就一天都不差。推测一下，我做此梦的时间是在凌晨的三四点钟，与当年父亲去世时的钟点也就相差一两个小时。

　　这个梦让我对大脑的灵敏程度产生了敬畏心理，太神奇了！

　　梦将一个小宾馆与父亲单位混合在一起，有些似是而非，这是一个铺垫，是让我在这里想起父亲。接下来，梦展示出一楼是个酒楼，我正在等待着吃一场事先约定的聚会酒席。这是寓意我当下的日子过得还不错，有酒席吃，由此自然而然地想到应该给在楼上的父亲送点好吃的东西去，这是太自然不过且顺理成章的事。我从小到大看到父亲总是关爱着我们，尤其是在家里有好吃的时从来没有独自享用过。我向门房师傅询问父亲在楼上哪个房间，这显得有些蹊跷，因为作为儿子的不可能不知道父亲在哪个房间里办公。然而，看似荒诞的梦境却自有其严密的逻辑，因为这个地方是一个宾馆与父亲单位的混合体。父亲的单位我自然是熟悉的，但宾馆就是陌生的，而且梦里的宾馆一定是另有所指。我在一楼的尘世，而父亲在楼上的另一个世界。门房师傅告诉我，父亲在楼上一个什么园内，这其实已经是一个暗示，园就是陵园，而高级的房间就是相对安静的地方，是父亲的安息之地。

我在门房还看到一个似乎与此梦无关的场景，就是门房里有几个外国姑娘在化妆。梦不大说废话，这里的场景也一定有它的特殊寓意。我闭上眼睛开始联想，片刻之后找到了线索。2004年冬天，当父亲病重住院时，我正在外地一所中美合作的大学里工作，那所学校外籍教师颇多，梦境中出现的外国姑娘化妆的场面，想必正是那所学校的凝缩，也暗示我身处异地。宾馆就是一个驿站，是一个人来人往的地方，而我也是这里的一个过客。一个人的根在故乡。她们在化妆，与我没有任何交流，这里又呈现了一种人与人之间的隔膜，你内心的孤独忧愁甚至痛苦往往是无法与人诉说的。这里你要上楼去找父亲与别人无关，那是你自己的事。

我扶着楼梯小跑着上楼，而梦自然不会让我轻易地见到父亲，因为那样一来，我一定会很快就醒来，而梦便无法释放完潜意识的故事。被压抑的潜意识也是好不容易才等到你刚好熟睡的这个空当，它也想舒展一下憋屈已久的身姿。上得楼来，场景竟然变幻成了两个篮球场，这里的"球场"仍然是方才楼下职业场所的延伸，是一个节奏快且有竞争的场所。非常形象的是球场上的球员面孔模糊，并将球向我投来，这又进一步地展示了我当时工作忙碌的状况。我没有接球，意味着我已经无暇顾及"球赛"的输赢，我要急着去寻找、看望我的父亲。事实是，当年冬天的一个夜晚，在我接到父亲病重住院的电话后，当晚即乘车赶回了太原。

接下来的深深的水沟告诉了我要见父亲的不易。我绕道而行，脱下鞋袜在泥泞的水沟边吃力地行走,并爬上沟对面的坝堰,这些焦急又坚定执着的行动,电影画面般地呈现了我潜意识深处非常强烈的思念父亲的心理。而已经来临的父亲去世四周年的日子即是压迫这个情节的动力,也是打开我潜意识铁闸"泄洪"的一把铁锤。

然而,遗憾但又符合逻辑的是冷酷无情且波浪翻滚的大海横在了我的面前,那是横在阴阳两世之间让你无奈的屏障啊!我内心苍凉,急于想见到父亲的渴望一下子变得渺茫起来。此时,梦不愿意让我再绝望下去,不停地咆哮的海浪将我从睡梦中拍醒……

2009年1月8日
2020年3月修改

赏 析

"灵魂"到底是有还是无,一直是一个困扰人类的话题。鲁迅先生在他的小说《祝福》中,从祥林嫂的角度发问,但是小说中的"我"又无从回答。因为那实在是一个让人为难的话题:如果说没有灵魂,那么祥林嫂死后也见不到自己的阿毛;可是如果回答有灵魂,那么,祥林嫂在死后将面临她的前后两任丈夫对她躯体的争夺,她将不得安宁。这篇散文,作者以"灵魂的感应"为标题,首先肯定了"灵魂"的存在,因为作者在梦中发生的事情,足以证明这一点。作家采用非常朴素而干净的语言,从"梦境"到"释梦",将自己在父亲去世四周年纪念日那天的一个梦与现实情境结合起来,巧妙地将读者带入到一个过去和现在交织的场景之中,当年的父亲,勤劳、慈爱,辛勤地哺育了"我",让我今天能拥有较好的生活。

梦境的暗示,其实是作者对父亲深情怀念的真实写照:"接下来的深深的水沟，告诉了我要见父亲的不易。我绕道，在泥泞的水沟边吃力地行走，并爬上沟对面的坝堰……"是的，父亲已逝，这是无法挽回的事实，所以无论作者在梦中如何寻找，都已无法见到慈爱的父亲。"这些焦急又坚定执着的行动，电影画面般地呈现了我潜意识深处非常强烈的思念父亲的心理。而已经来临的父亲去世四周年的日子即是压迫这个情节的动力，也是打开我潜意识铁闸"泄洪"的一把铁锤。"这最后一句，运用比喻的修辞，既生动形象，又铿锵有力，掷地有声，读之让人潸然。于是，"我内心苍凉，急于想见到父亲的渴望一下子变得渺茫起来。此时，梦不愿意让我再绝望下去，不停地咆哮的海浪将我从睡梦中拍醒……"这样的结尾，言有尽而意无穷。

（任爱玲）

旅行车票

梦境——

我与年迈的老母亲到了一个火车站,似乎是要去旅行。在进站的时候,我反复地摸衣兜,好像找不到车票,但意识里确认身上是有车票的。经过一番交涉,我们进了站,至于是否找到了车票,这一段模糊不清。

在人流熙攘的站台上,我突然想到了儿子在这车站附近有一套房子的,于是带母亲走进了那套离车站很近的房子。可是房子里好像有几个外人,有的熟悉,有的好像是陌生人。我们寒暄了起来。

而后场景变幻成了我们在一个荒凉的火车站等着乘车,而火车就在旁边的铁轨上喘息着。等要上车的时候,人流拥挤了起来,我找不到母亲了,她被人流淹没。我焦急地拨开人流寻找着,不一会儿就发现了母亲,还好,安然无恙。我把母亲从人流中拉了出来,就去直接上车。

这个火车站没有站台,但有人验票。我此时又开始在身上寻找车票,情急之下,终于在内衣的口袋里摸出了两张车票⋯⋯

释梦——

如何带年迈的母亲好好地去旅游一番，这成了我近几年常常考虑到一个问题。母亲也常常唠叨，说人家某某年龄也大了，可旅游了好多地方，还是坐着飞机，说起来人家都笑话她，到山西这么多年了，连个五台山也没有去过。每当她说这些话时，我的心就颤动，有一种深深的愧疚感。总想着陪母亲去旅游，可忙碌起来就不断地往后推了。母亲都近八十岁了，再往后她还走得动吗？即使是当下，与母亲一道旅行也得异常谨慎小心了。去年春天，我对母亲说，等天暖和了，咱们找个机会先上上五台山。然而，去年的旅行计划又让忙碌给挤了。一晃，天就凉了下来，再上海拔比较高的五台山就不合适了，回头一想，我都有了急迫感。再过些年，当母亲腿脚不方便的时候，就更不好出远门了。

去年年底我还在想，在2010年一定要带母亲到南方走走。这不想着想着，梦就来提醒我了，真是日有所思，夜有所梦。总算是在梦中有行动了，带着母亲到了火车站，但却找不着车票，这其实就是一种暗示：你还没有完全地准备好，还没有真正的行动，所以就无法实施旅游计划。从这个角度看，梦也是在告诫——赶快准备好啊！

到外地的儿子那里看看，让母亲看看孙子的房子与居住环境，老太太一定高兴，这也在我与母亲的旅游计划之中，所以梦中进了火车站附近的那套房子也是一种内心愿望的提醒：别忘了这档子事。至于房子里有几位陌生人，或许在梦里并没有实际的意义，如果说有，无非是起到了一个让我们离开那里继续乘车旅行的作用而已。因为这个旅游计划实际上并没有实行，所以潜意识与意识在这里有个矛盾，此种情况要么清醒过来，要么就转换场景。

你不是还没有实施你的旅行计划吗，梦瞬间将我与母亲置身于一个荒凉的车站，好像是在等车。但周围的景色却使我心情茫然，并产生了孤寂的联想。火车站应该是一个给人以美好联想的地方，当你想旅行远方或想着从遥远的异地回家，闪光的铁轨可以把我们带到目的地，而荒郊野外却是我们每个人必然的归宿。梦选择了这样的地方其实是"项庄舞剑，意在沛公"，是诱导着我去联想与这荒凉之处有关的事情。此时，潜意识里最隐秘且被我所忽略的东西在竭力表演，这种表演简直就是一种警示，那就是时间在流逝，人总是要老的。我想到了子欲孝而亲不待，这种无奈事例在身边太多太多——想到了这一层，梦的表演就是成功！

当我在身上终于找到那两张火车票的时候，梦并没有带着我继续往下走，再走就是愉快的旅途了。为什么呢？因为梦想说的不是我与母亲旅途的过程，而是如何实现我与母亲去旅行的愿望。就在我找到车票的时候，梦戛然而止了，因为她已经完成了自己的使命，而无须再啰唆废话。或者换一种说法，潜意识的愿望已经释放完毕，该收场了。

记得前不久在《艺术人生》节目中看朱军采访作家麦家时，麦家感叹地说，尽孝要趁早啊！为什么麦家会有这样的感叹呢？他也是忙忙碌碌的，等到有一天，回到家乡准备好好地陪父亲时，父亲因急病失却了记忆，而且是连他这个儿子也不认识了。麦家万分痛心的同时，内心十二分地懊悔。其实我又何尝不是如此呢？父亲突然间就走了，我再用什么样方式来表达爱和孝都是苍白的。作为儿子，我欠父亲太多太多。他走得那样地让我措手不及，甚至来不及听我说说心里话。我现在才悟到，有儿子陪在身边，那对父亲来讲真是太重要的事情了。父母总是怕影响你的工作或者所谓前程什么的，而什么也不说，表面上好像支持你似的，其实等你远走他乡的时候，他们一定是若有所失，孤独无奈。

释完此梦，我将内心的誓言写在这里：在新的一年里，选择好的季节，准备好旅行车票，陪母亲去旅游！

2010年1月14日
2020年3月修改

赏析

  标题是文章的眼睛。这个标题的隐意是"尽孝要趁早"。可以说，这一篇是承接上一篇而来的。没有华丽的言辞，没有空洞的说教。上一篇写对"父亲的怀念"，这一篇写对母亲深恩的报答。从《梦境》到《释梦》，整个过程中，我们看到了一个孝顺的儿子，因为自己工作忙而无法带母亲出去旅游的愧疚之情。"在进站的时候，我反复地摸衣兜，好像找不到车票，但意识里确认身上是有车票的。"我们都有这样的生活经验，比如，要考试了，却突然找不到准考证；要出门去了，却找不见了钥匙，等等。这些都是潜意识里紧张的反应。"母亲八十多岁了，我多么想带她出去走走啊！"

  可是，场景变幻，我们出现在了"一个荒凉的火车站""等要上车的时候，人流拥挤了起来，我找不到母亲了，她被人流淹没"。作者一次次地将我们带到了这样一个紧张、不安甚至让人特别焦虑的场景中，让读者与作者的脉搏一起跳动起来，与作者一起紧张，一起不安，一起焦虑……

  作者在文中说，子欲孝而亲不待，这是多么让人痛心的事情啊，直接照应标题的隐意——尽孝要趁早。你看，"父亲突然间就走了，我再用什么样的方式来表达爱和孝都是苍白的。作为儿子，我欠父亲太多太多。他走得那样地让我措手不及，甚至来不及听我说说心里话。我现在才悟到，有儿子陪在身边，那对父亲来讲真是太重要的事情了。"人常常是在失去之后，才后悔当初没有好好珍惜。与父母相处的日子也是这样的。

　　珍惜当下所拥有的一切，尤其是孝敬父母双亲，要趁早啊。可是，现实当中，真正能够做到的又有几人！因为我们总是忙，因为父母总是怕耽误我们的工作，真是可怜天下父母心。正如唐代诗人孟郊说："谁言寸草心，报得三春晖。"愿天下儿女都孝顺，愿天下父母都安康！

（任爱玲）

奇妙的巧合

梦境——

不知为什么,我侧躺在湖边平坦的水泥地面上,眼前的湖水清澈,能看到水草的摇曳。我有游泳的爱好,如此邻近美湖,想下去游泳,或者说钓钓鱼也好。

忽然,水面的远处出现了一条鱼,它只是将头部微微露出了水面,而且拐弯向我这边游了过来,几乎透明的湖水使我可以看到它越来越大的身形,背脊呈浅褐色,就像是鲤鱼或者是龟背的颜色。它游着游着,身体的形状就开始变化,变得两边慢慢地鼓了起来,哦,变成了一只硕大的海龟。它几乎从我的眼皮下缓慢地游了过去,在我的身下消失了……

此时我用手使劲地摸了摸身下躺着的地方,那质地给我的感觉仿佛是毛玻璃。水面倏然间变小了,而我脚下的部分又变成了一个类似花房的屋子,有一堵带木格的玻璃墙挡在那里。十分意外的事情出现了,我看到父亲在那花房里,他弯着腰好像在劳动着。我只能看到他的一个侧面,他还自言自语地在说着什么,但我听不清楚。我注视着他,但他还没有看到我。这场景对我来讲既熟悉又陌生,内心不禁涌动出一种复杂且无法言说的情感……

释梦——

我醒来后，躺在床上闭着眼，梦中的情景仍然清晰地晃动在眼前——清澈的湖水，游动的大鱼，鱼变成海龟，父亲与花房，复杂的感叹。他们各自的寓意是什么？彼此有什么关联？鱼为何会在流动中发生变幻？其整体的象征语言在暗喻什么呢？

梦中除了父亲的形象之外，其他的画面对我来讲都是陌生的。父亲的出现使我感到既亲切又意外，并且诱发了内心深处十分复杂而又痛彻的思念之情。父亲出现在梦境的末尾，也以一种动态的形象定格于梦境的结束，宛如一场电影的含蓄片尾画面在这里展现出空间，让你去追踪、想象。毫无疑问，父亲应该是整个梦境的核心，或曰谜底，其他情节是围绕着他的存在而存在。

清澈的水与游动的大鱼，是一种和谐美妙的生命状态，所谓如鱼得水也好，鱼儿离不开水也罢，只要看到有鱼游动在水中，就会给我们静美的感受。可整个梦境为何由这样的画面开头呢？父亲撒手人寰已近五年，当时的主要病因是流感诱发哮喘。我看有些医学书籍介绍，哮喘与身体长期缺水有直接关系。我甚至常常懊悔不已，想着如果父亲生病前能够多喝水，尤其是在哮喘发作初期大量喝水，兴许就能躲过那一劫。倘若将梦境画面镜头倒着推回去看：父亲——海龟——鱼和水，就会自然想到梦里的鱼应该是父亲的"借代"。梦境中的鱼好大，是我平时在现实的湖泊中几乎不可能见到的大鱼，这一反常的怪异画面，肯定是另有寓意，这一点也是大鱼为"父亲的借代"的佐证。那梦境中湖水和父亲如此和谐地融合在一起的状态，自然是父亲走后，我多年来潜意识里的一种徘徊且无法实现的愿望。

父亲生前的身体状况蛮好的。我睡眠非常轻，有些像母亲，有一点响动就会醒来。但是父亲不，不管发生天大的事情，只要一躺倒在床上，不一会儿就鼾声大作。记得我在儿童时期，每逢夏天午休起来，常见父亲用一盆冷水哗啦哗啦地使劲地洗脸，仿佛是在洗去他残留的睡意。他也特别在意或者说享受自己的睡眠，有时候我们兄妹几个不小心惊醒了他，他会控制不住地发怒。我甚至非常羡慕父亲躺倒就睡的福气。父亲的去世一直是我的一个心结，或曰情结，突如其来的"噩梦"给了毫无任何心理准备的我一个重创。这个创伤情结是复杂的，仿佛深陷在思念、回忆、懊悔、愿望与幻想等混合的泥沼之中。我总是在想，父亲那样好的身体，不应该走得如此匆忙的。有时候在街上遇到与父亲年龄相仿的陌生老人，我就会莫名地羡慕，主动与人家聊天，而内心里就会想到：父亲若是活着多好。

既然水中的"鱼"是我幻想的产物，那由鱼而幻变为一只巨大的海龟的寓意就较为明显了，即鱼这个象征体还不足以表达我内心对父亲的强烈思念之情，于是梦就将其变成了海龟，龟长寿，这样就吻合了我潜意识深处的美好愿望。梦可能是怕我看到此处仍然懵懵懂懂，干脆就在海龟从我身下消失之后，让父亲直接登台亮相了。只有父亲长寿，我们父子才能相遇，尽管此处是超现实的。由鱼而变为龟进而变成父亲，看似荒诞的背后却有着内在的逻辑联系，梦并非在随意表演。湖水也变小了，父亲就在我侧下方的一个花房里劳作，遗憾的是我们之间隔着一块类似毛玻璃的地板。他没有发现我，我却在注视着他，但没有，更准确地说是不能，与他接触、说话。

超现实主义文学流派认为，没有任何一个领域比梦境更丰富，梦把人秘而不宣的东西完全剥露出来，既显示了过去和现在，也预知着未来。他们甚至强调无意识是认识现实的唯一的秘钥。

打我记事起，父亲给我的印象就是不停地做着没完没了的家务。他在梦中的样子，那弯着腰的仪态，更像是他辛劳习惯的一个象征。二十世纪六七十年代，我们家住在一个排房大院里。那时，父亲排队买粮、买菜,有时候还要排夜队;房顶漏雨了要爬上去盖油毡;下大雪了要上房顶去扫雪;提着水桶去数十米外的公共水管打水;每年冬天来临之前要砌抹好铁炉子的内壁,套好烟筒;带着我们去医院看病,等等。每逢周日,家务活多一些,父亲会让我当帮手,可我总是心存不快,唠唠叨叨,心不在焉,即使在干,也想着赶紧糊弄完了好去玩。但每每遇到小伙伴们约我去玩,父亲总是会网开一面。有一次,几个小伙伴约好了要在周日去晋祠玩,我吞吞吐吐地对父亲说了,没想到他竟然爽快地答应了。我们玩了一整天,回到市内的时候,太阳落山了。我的嗓子眼儿都冒烟了,又渴又饿。当走到我家院墙边时,有点胆怯,忍不住爬上墙头往院子里偷看了一下,只见在昏暗的光线下,房间里的灯光投射到小院内,父亲仍然在弯着腰搬着墙角的砖头。我怯生生地回到家门口时,父亲正在用一把小笤帚扫身上的灰土,看到我居然没有发脾气,而是笑着问我玩得怎么样。那天晚上,我睡得非常香甜。

所谓花房劳作者,就是以自己的辛勤劳动来为别人奉献美丽与幽香的人。父亲在我的心中就是这样的人。梦境只用了一个画面就凝缩了父亲在我心中留存的许许多多的故事。

梦所赠予我的更为奇妙的联想还在后面,当我搞清楚这些意象彼此之间的内在联系之后,就仿佛有一道闪电突然划过,使我惊讶万分,这个瞬时出现的感悟来自父亲病重住院的时间与我做此梦的时间恰巧吻合。记得清清楚楚,五年前的12月20日,在外地工作的我突然接到了家人的电话,告知父亲病重,我连夜赶回了太原。五年之后的今日,我做了这样一个梦,与父亲相见,是偶然的巧合,还是灵魂的奇妙感应?我倒宁愿相信是后者。

2009年12月20日
2020年3月修改

赏析

　　清澈的湖水、摇曳的水草、浅褐色的鲤鱼或者龟背，以及在画面变换中呈现的硕大的海龟……这是黎明前的一个梦，渐渐地，在梦境中，"我看到父亲（出现）在那花房里，他弯着腰好像在劳动着。我只能看到他的一个侧面，他还自言自语地在说着什么，但我听不清楚。我注视着他……"，这是一个温馨的梦境，蕴涵着作者与父亲之间浓浓的爱和温暖。

　　那么，父亲是一个怎样的人呢？作者没有浓墨重彩地去描写父亲，而是在他释梦的文字里，追忆了父亲生前的勤劳与慈爱。

　　"……打我懂事起，父亲给我的印象就是不停地做着没完没了的家务。"

　　"……那弯着腰的仪态，更像是他辛劳习惯的一个象征。

　　"二十世纪六七十年代，我们家住在一个排房大院里。那时，父亲排队买粮、买菜，有时候还要排夜队；房顶漏雨了要爬上去盖油毡；下大雪了要上房顶去扫雪；提着水桶去数十米外的公共水管打水；每年冬天来临之前要砌抹好铁炉子的内壁，套好烟筒；带着我们去医院看病，等等。"

　　感人的文字不在于语言有多么华丽，而在于说真话，抒真情。所谓"感人心者莫先乎情"。在我们的眼里，排队买粮、买菜，爬上漏雨的屋顶盖油毡……这些家务是多么平常而琐碎啊，可是，作者用一连串的排比，巧妙地将父亲勤劳的形象一一地呈现出来，真实，感人。更为精彩的是，作者将父亲的这些家务劳动与"花房"这一场景联系了起来，使得父亲的形象更加具有了美感。用作者的话说，"所谓花房劳作者，就是以自己的辛勤劳动来为别人奉献美丽与幽香的人。"

（任爱玲）

戏说盗贼

梦境——

我大概乘的是一艘很大的轮船，背一个包，拉着一个行李箱。当从船舱顶层到下一层的时候，我走的不是楼梯，而是从船舷栏杆的一个缺口先将箱子放下去，而后再用双手抓着栏杆跳下去。也不知道下了几层之后，突然发现行李箱不见了，于是急着寻找起来，但没有结果。

可能是到岸了，我急忙走到了出口处，此时这个出口奇怪地变成了飞机场的出口。我将丢失箱子的事给工作人员说了，并着急地告诉他箱子里有笔记本电脑。他们挺配合，将我领到了一个旅客必经的出口等待。不一会儿，旅客鱼贯而出，我四下仔细看着，盯着一个个旅行箱。但等游客走完了，也没有看到谁的手里拉着我的行李箱。

我心慌意乱，懊恼极了，浑身出虚汗，总想着电脑里那些好多年来积累的资料，它们虽有备份，但不完整。我心里面一会儿是急躁的火，一会儿却是空荡荡的，仿佛被什么东西掏空了一样。

我忽然想到，会不会在将行李箱一层一层往下放的时候，丢在某一层而忘记拿了，而别的人也没有去拿，它仍然遗失在这船上的某一个地方呢？后来又想，这也许是个梦吧，快快醒来就没事了……

这么想着，果然就醒了过来。内心的焦急顿时释然，原来是一场虚惊的梦。

释梦——

　　梦是醒了，可这个梦却勾起一些往事来。往事似乎与此梦八竿子打不着，因为那是发生在没有电脑的时代。可是我又反过来想，为什么梦醒之后这些个往事就倏然间纷至沓来呢？

　　"所有发生在梦中或者清醒生活中的事件都会触动神经链接的'开关'，其中有的链接强烈，有的相比之下较微弱些。"维蕾娜·卡斯特这个形象的比喻，已经嵌入我的记忆之中。梦中丢失电脑之后那种懊恼的感觉，应该是触动了我神经链接的开关，由此打开了一扇封闭记忆的旧门。

　　大约是二十世纪七十年代末吧，有一天，我在刚领了工资之后，请一位老朋友在太原一家饭店喝酒。那时的规矩是先交钱后吃饭，我在柜台前点了饭菜并将饭钱付了，而后一边返回餐桌，一边将钱包装进了夹克左下方的口袋。我刚刚坐下，不远处饭桌上的一位小伙子走到我的右边，请我帮他递一下我左边靠窗的椅子。他靠我很近，我迟疑了一下，心里闪过一丝疑惑的念头，奇怪啊，这么大的饭店，怎么到我这里来让我递椅子呢？不过，我还是替他递了。也就是几秒钟的样子，直觉让我瞬间由疑惑变为怀疑——这位不速之客没有必要到我身边来呀。于是下意识地赶忙摸口袋的钱包，但钱包已经不翼而飞了。我立刻站起来四处寻找那位年轻人，可哪还有踪影呢？迄今为止，那位小伙子是我所遇到的最高明的一个小偷。他早在我于柜台付钱时就盯上我了，看准了钱包所放的口袋，又声东击西，在我递椅子露出空挡时下了手。俗话说，不怕贼偷就怕贼惦记着，这话一点没错。那个年代，一个月的工资还是挺给力的，就这样不见了，这令我懊恼极了，心里空荡荡的。

　　数十年前，我们家住在省城的排房大院。那时每家的门窗都是木制的，而门锁也就是在门缝与外面装个搭扣，用一把铁锁吊在上面，说实话，只需一把螺丝刀就可没有声息地撬开。到了夏日，家家晚上敞着窗户睡觉。邻居们彼此串门时，如果时间短了，也不锁门。但那时几乎很少有谁家被小偷光顾。有段时期却非同寻常，流传外省流亡强盗团伙在深夜里到百姓家抢劫。大院里仿佛炸了锅，大家自发地组织起来，轮流值夜班，恰好那时工厂武斗用的钢管长矛在夜里巡逻时派上了用场。平日里默默无语、各自忙碌的人也积极参与进来，频繁打听强盗的最新消息，大家一起激动地讨论对策。连那些被抄过家的"黑五类"住户也参与进来，人们为了共同的安全与利益团结起来。记得人们在一起商讨对策时，往往是那些"黑五类"分子提出的建议，被大家所认可采纳。在一个暴雨之夜，人们还是照常值夜班，但一位知识分子老头慢慢地说："强盗是透风不透雨，不必紧张。"大家听着是那么个理，便没再冒雨巡逻。而那些曾经当过兵的人，在夜夜的巡逻中更是成了大家的主心骨，他们被分别安排值班，领着大家手持长矛，猫着腰于院子内外巡查。尽管那伙强盗在省城的行踪始终不断地在大家嘴巴上跳来跳去，但终归是没有光顾我们大院，只是让每家每户承受了好几个月的惊吓。

　　二十世纪八十年代初，有一次我到北京办事，等白天忙碌完了要找住宿的地方时，附近好几家都是满员。眼看越来越晚了，就住进了一家地下室旅店。店的门脸很小，就像一个小商店，但下到底下竟使我大吃一惊，像火车厢一样狭窄的通道，两边都是上下层的床铺，而且通道足有四五节车厢那么长。服务员打着手电领着我，走了好一会儿才在一张床前停下，当手电光照着一上铺上方的红号码时，他轻声地说就是这里。那时还谈什么洗漱呀，就蹑手蹑脚地爬上去睡了。刚睡着没一会儿，服务员打着手电从床下经过，嘴巴里不高不低地喊着："请睡觉的旅客注意自己的钱包等贵重物品了！"我想他提醒一下也就罢了，没想到整整一个晚上，直到黎明，他就像一位巡逻打更的，隔一段就巡视一趟，吆喝几声。也许睡得死的听不到，可我是一个晚上都没有睡好。第二天早上，那个难受劲没法提了。

改革开放以后，在北方的城市还没有时兴装防盗门窗时，南方城市的大街小巷里，防护铁栅从一楼到最高层一户都不空缺，那时我还感慨地嘲笑南方佬仿佛是住在了监狱里一般。可没过几年，北方佬也大都如此了。至于乘火车，那乘务员或乘警在夜晚的巡视提醒，与以往几乎一样："请各位旅客注意自己的贵重物品了！钱包、笔记本电脑、手机不要放在外面了！"如果在火车站、汽车站等公众场合，你稍微留意一下，就会发现那些贼是很容易辨认的。更为恐怖的是，有时候在街道上散步，居然就会看到飞车贼顺手抢女士挎包的危险镜头。

小偷的技术手段也是不断转型升级、与时俱进的。上班的时候，偶尔会有同事说，他（她）家或邻居家最近被贼给光顾了。一位同事的儿子住在没安装电梯的六楼，晚上睡觉时，小偷就跳了进去，拿走了手机和钱包，同事的儿子还不知道。盗贼也真了得，胆量与偷技双绝，明知屋里有人也敢跳将进去作案。人们相互告诫说，在夜间即使是觉察到贼进了屋，也千万别出声，就佯装着没发现继续睡，让贼拿点东西走就得了，否则你若起来了与他搏斗，那贼是要玩命的。几年前，我所在的一所大学被贼光顾了电教室，贼深夜撬开了窗户上的铁栅，将电脑的内存条全部卸下，当出门时碰到了值班的老头，可老头看到贼手里明晃晃的利刃，就没敢阻拦。

西方人对贼的防范意识与我们不大一样。记得第一次出国前，培训官员说，在公共场合见了没有主人的东西，千万不要拿，不要做拾金不昧的好事。他们的文化习惯是在公共场合不要拿没有主人的东西！在德国，我在大街小巷里注意过，无论是高层的或是一层的住户，大都没有装防护铁栅的。有一次，我陪了美国教师团队去王屋山旅游，到了半山腰，感觉热了，他们居然就将大衣脱了往路边的石头上一扔，就继续上山去了。那意思很明白，等下山回来路过时再拿上大衣下山。我们急了，这简直是不可思议，于是将他们的大衣一件件集中起来，专人停下看管。

在都市几乎家家都装防盗门窗的今天，我倒不怕被贼撬门窗入室而丢钱，因为家里不会存放太多现金，而作为写作者，最担心的就是怕丢失笔记本电脑了，因为那里面有我日积月累的资料与书稿。现在的我，旅行时有个习惯，哪怕是短暂的几天，也喜欢将笔记本电脑带着。而人在旅途，被盗的机会就更多。

梦里的我拉着装有笔记本电脑的手提箱去旅行，在游轮的舱顶大概是感觉不安全，于是从船的高层一级一级地跳到下一层去，但船舷处的栏杆是透空的，舷外就是茫茫的大海，也是不安全的处境。我将旅行箱一再地小心由高处往低处放，与现实中将电脑资料一份份地备份似乎有相似之处，它应该是一种象征语言。也许，现实中的被盗见闻太多了，天长日久，终于在潜意识中涌动起来，而新的担心——对电脑，终于成了它的泄洪渠。在梦里，我意识中的谨慎小心，还是敌不过潜意识的恐惧。丢失旅行箱的后果有多严重，梦境中又进一步地演习给我看，并让我切身体验身心的感觉——浑身出虚汗，内心焦急如火，懊恼极了，心里空荡荡的。其实梦就是告诉我，只要是丢失了电脑，就别再想着找回来！自己小心吧！

我是在焦急与恐惧状态下，在仍怀有一丝是否是做梦的侥幸心理中，才清醒过来的。尽管当下的电子邮箱里有了"网盘"，其说明是"永久存储"，可专业人士对我说，放在网盘里也并不安全。他说得没错，这不，爱德华·斯诺登泄密的"棱镜计划"——绝密电子监听计划，类型有十类，具体有：信息电邮、即时消息、视频、照片、存储数据、语音聊天、文件传输、视频会议、登录时间、社交网络资料的细节。这等于让所有的地球人听到了"地震"的声响。

2009年10月31日
2020年3月修改

赏析

这篇文章用"戏说盗贼"做标题，准确地把握住了文章的思想内容。

"戏说"二字，带有浓郁的幽默与戏谑色彩。作者直接将笔触伸向了广阔的时代大背景中，随着时代的变迁，盗贼这一行业（姑且把"盗贼"作为一个行业吧）也在不断地发生着改变。谁都知道，在过去物质不发达、精神不丰足的年代里，盗贼是不可避免的，每个人都避之而不及。作者在"梦境"和"释梦"两个部分里，就为我们叙述了发生在自己和周围人身上的与"盗贼"有关的故事。比如说二十世纪七十年代发生在饭店的丢钱包事件，以及围绕外地盗贼而展开的大院人不怕辛苦轮番巡夜的事件等等。作者为我们描画了一幅当时社会的风情画。

如今，时代的大潮滚滚向前，盗贼的技能也是不断提高。作者在开篇就为大家描述了一个被盗的事例。在一艘很大的轮船上，"我"的行李箱找不见了，更为要命的是，里面有存储大量资料的笔记本电脑——当然，这是梦境，让人虚惊一场。然而在现实生活中，这样的事例是不胜枚举的。譬如商业间谍等，比起当年那些小偷小摸的盗贼来讲，其危害乃是有过之而无不及啊。

我记得有一部电影叫《纵横四海》，是周润发和张国荣主演的，这部影片就是反映"盗贼"这个行业的。剧中阿占（张国荣饰）、阿海（周润发饰）和红豆（钟楚红饰）是三名盗画高手，专为他们的养父（曾江饰）偷盗知名艺术品令其赚钱。不想在偷盗名画《赫林之女仆》成功后，他们被养父与法国黑帮老大合谋设计陷害……

回到文章的开头，"我"丢笔记本电脑的事，虽然是梦境，但充分凸显了作者的焦虑，因为这小小电脑里贮存了作者的文化成果，是作者汗水和智慧的结晶，是多少钱都买不来的啊！时代发展到今天，可以说，我们很多的个人信息早已公开化透明化，还有多少属于私人的信息呢？每一个人，在他人面前，几乎没什么秘密可言，这也许正是作者担忧、焦虑甚至恐惧的原因吧。作者的焦虑担忧也正是这个时代众人的焦虑与担忧。所谓"戏说"云云，或者也正是作者的戏谑之词。

（任爱玲）

到河对岸去

梦境——

这是前天的一个梦了，但梦境就像电影画面一样清晰：在一个宽阔河流的岸边，一个陌生且面孔模糊的人语气坚决地对我说："到河对岸去。"顺着他手指的方向，我看到他所说的河对岸还有具体所指，是对岸远处一个拱形门洞，远远看去就仿佛是古老城墙的一段遗址。

我看清了那个地方，心里想着应该去，至于到河对岸那里去干什么，意识有些模糊。我向河边慢慢走去，准备渡河。要到河边，需要先穿过一个街巷，当我走到一个小巷内时，居然空无一人，内心里有些嘀咕，担心此时可能会被人拦截。果然有人从对面出来，直觉此人来者不善，我迅即闪入旁边的巷中，并向河边跑去。

方才还空荡荡的河边，此刻站满了人群。我顺着一个堤坝的陡坎滑了下去，而高高的陡坎看上去似乎根本是不可能下去的，但我却安全地落地了。我在人群的缝隙里一边挤一边走，到了河边，就躲在一个高个子男子身后，且蹲了下来向我顺着堤坝滑下来的方向观望。我看到那个在小巷内迎面而来的人就在河边的坝堰上四处张望着，好像在寻找我的踪影。

接下来，我在河边遇到了一位可信赖的女朋友。我与她寒暄聊天，而内心却想着让她帮我一下，使我渡过河去，但又好像始终没有说出口。

河对岸空旷无人，而此岸却人流拥挤。我准备游泳过河，但还没有下水，就醒来了……

释梦——

这个梦应该是在深睡眠状态下做的，因为醒来时居然想不起梦的内容，是过了一会儿后才忆起来的。这个梦似乎与我近来或以往某个具体的经历没有关联，倒更像是一个寓意丰富的象征画面。荣格①认为："一个词语或者一幅图画所代表和所表达的含义为多面性的时候，就具有象征性，他们涵盖了潜意识的特征，这种特征无从准确定义，也不得详解。"

这个梦境有几个主要的片段：对我说"到河对岸去"的陌生人；河对岸像一段古老城墙遗址的拱形门洞；宽阔的河流；空旷的街巷与企图拦截我的人；河此岸熙攘的人流；高个子男子；可信赖的女朋友。

那位看不清面孔并口吻坚定地要我到河对岸去的人，其实就是另一个自我，他在提示，显然是怕我忘记了自己的使命或目标。精卫欲填沧海时就不停地呼叫着自己的名字，那是为了不时地啄灭内心深处绝望的闪念。从喧哗的此岸，渡过河到荒无人烟的对岸去寻找目标，是需要理念与行动的。理念可能早已深埋心底，但还没有行动或离目标非常遥远，此处的督促与提示就显得异常及时。

河对岸那个在氤氲之中仍清晰可辨的拱形门，想必是寓意生活中

---

①荣格（1875—1961），瑞士心理学家和精神分析医师，分析心理学的创立者。早年曾与弗洛伊德合作，曾任第一届国际精神分析学会主席。

我想要达到的理想目标,就像希望把"足球"踢进的那个"门";它又仿佛是古城墙的一段遗迹,兀自矗立,厚重沧桑。其实(也许)它就是象征着现实的我所感兴趣的神秘文化。

宽阔的河流意味着一条由此岸达到彼岸的分界。芸芸众生大都不可能轻轻松松地由必然王国的此岸而抵达自由王国的彼岸。那企图越过河流而经过的空旷街巷及所遇陌生人的拦截,则是寻求彼岸目标的途中所必遇到的阻力甚至是危险。

河流此岸熙攘的人流,就是芸芸众生的现实世界,是对岸空旷荒凉世界的反衬,过河需要勇气并付出代价。

让我躲避在其身后的高个子男子和那位与我聊天的女朋友,则象征着在追求目标的路途中可以信赖且能够帮助我的朋友。格林童话中的"灰姑娘",如果没有仙女、狗和鼠的帮助,就不可能去参加王子的舞会,与王子相遇相爱的美梦也就无从谈起。

梦还启示我,必须学会巧妙地躲避、隐藏和突围,才能到达河的对岸。这个梦如此想来便有了多角度的象征意义。"如果记忆内容被梦境激活,那么记忆内容可能源自个人记忆,也可能源自人类记忆。"维蕾娜·卡斯特的这一经典说法颇有些神秘。河流、街巷与河对岸氤氲气雾之中的拱形土门洞,这些景物我在现实中分别都见过,但在梦境中组合在一起,再加上陌生人"提示"的声音,便有了一种神秘且久远的距离,也就是非常陌生的感觉,那时的我仿佛真的是置身于一个梦幻且时空界限不清的世界。或许,被此梦境激活的这一切画面,还真不是来源于个人记忆。

记得睡觉前,我曾聚精会神地看电视《百家讲坛》中曾仕强教授讲《易经》。他说人生无法避免地要面对一个循环往复的无奈的规律,那就是吉—吝—凶—悔—吉。意思是当我们顺利的时候,成功的时候,往往就是失败的开始。而超越吉凶的唯一的办法就是谦虚,就是将后悔考虑在前,小心翼翼地办事,尽量不要说错话,少办错事,就能够远离凶险,立于不败之地。睡前对于这个讲座的思考,也许就是我这个梦境具象背后的隐意。不过梦境的具象更丰满,更生动可感。

2009年11月25日
2020年3月修改

赏 析

这是一个极富象征意义的标题——到河对岸去。那么,河对岸到底有什么?作者在他的《释梦》里这样说道:"……想必是寓意生活中我想要达到的理想目标,就像希望把'足球'踢进的那个'门';它又仿佛是古城墙的一段遗迹,兀自矗立,厚重沧桑。其实(也许)它就是象征着现实的我所感兴趣的神秘文化。"而"宽阔的河流意味着一条由此岸达到彼岸的分界"。

作者试图用这样的方式告诉我们,要想由此岸到达彼岸,必须渡过这条宽阔的河流,这是什么?这就是走向成功的必要条件啊!

生活当中,我们常常渴望成功,渴望顺顺利利地达到人生或者事业的巅峰。然而,事实是,我们往往又不可避免地面对挫折,面对逆境,这就需要我们有勇气,并为之付出代价。当然,作者在此文中,还通过梦启示我们,"必须学会巧妙的躲避、隐藏和突围,才能到达河的对岸。"

苏轼在《晁错论》中有曰:"古之立大事者,不惟有超世之才,亦必有坚忍不拔之志。昔禹之治水,凿龙门,决大河而放之海。方其功之未成也,盖亦有溃冒冲突可畏之患;惟能前知其当然,事至不惧，而徐为之图，是以得至于成功。"回到本文，作者用"精卫欲填沧海时就不停地呼叫着自己的名字，那是为了不时地啄灭内心深处绝望的闪念"。是的，面对困难，面对危险，面对失败，很多人放弃了，很多人绝望了，当然，最终这些人只能与成功擦肩而过。所以，大禹的坚忍，精卫的坚持，终成为我们精神的楷模。用现在的话说，就是坚定理想、奋发有为、勇于担当，最后，才能到河对岸去！

（任爱玲）

路口的选择

梦境——

时空幻变，我又回到了三十多年前。大概是黄昏，夜幕即将垂落的时候，朦朦胧胧的，我与一些年轻同事乘着敞篷大卡车，行进在乡间平坦的公路上。这帮二十岁左右的年轻同事，有男有女，身着淡黄色服装，开心地说笑着。当汽车行驶在一个岔道口时，我独自一人不由自主地滑下了另一条道。怎么从行进的车上滑下来的，没有细节衔接。回头看时，同事们乘的车仍在公路上走着，但很远了，只能看到他们移动的上半身。他们高声呼喊着我，我也回应着，好像听到他们说，在前方的什么地点会合。隐约感到那个前方会合地点是我们常去劳动的郊区农场。

我开始专心地独自走我的路，这次清清楚楚是推着一辆木轮车在走了，脚下的路也变成了泥泞且凸凹不平，而且有的地方相当陡峭。可是，连我自己也没有料到，竟然会走得飞快，简直就宛如贴着不好走的路面轻盈地飞起来一样，时而还用脚尖轻轻地点着隆起的窄窄的泥泞路梗，掌控着手中的推车飞过去……

在一个下坡的地方又出现了一个岔道，往右不远处似乎有一个集市，而继续直着走则仍然是凸凹不平的泥路。我选择了往右，于是很快就转入了一个迷宫般的小镇。我在小巷里转了好多弯子，一直向着西边方向走。我在公路上与同事们分手的时候,他们是往西南方向去的,而我是往正南方向走。我在这个岔道口的选择,好像就是为了去寻找他们会合。

我找到了一伙熟人,也许就是刚才在公路上分手的那些同事。我们集中在一个很大的车棚里,类似于那种两边敞着大门的工厂车间。此时,有人从外面不停地进来放爆竹,爆竹飞起来噼啪作响地炸开在天花板下面,我们则躲在了厂房内大门两边。

之后,我们在院子里乘上了一辆面包车,这次是往回走。在一个地方下车后遇到了一位老熟人,他先是很肯定地赞美我最近做的一件事情,而后就用了"但是"这个否定的词,接着就扳着指头,一一地数落着我做事当中被他所发现的问题……

释梦——

梦的轮廓大致如此,至于其中场景转换时那些衔接的细节,则模糊了。这个梦的意识流动轨迹非常简练地凝缩了我的职业生涯经历,也反映出我近期徘徊于人生十字路口的心态,更为重要的是它还给我指出了一个抉择的方向。梦境的视角是具体且细微的,但我从中看到的东西却大大溢出了视角的边框,这就是说,梦境的画面拓展了我审视自己的视野。

梦中开始的一幕意识流,一下子带我跳到了三十多年前,我返老还童了。真实的情况是,那时我在一个军管单位工作,不到二十岁,与一帮年龄相近的同事们常常乘车去郊区农场劳动。大家天真烂漫,情窦初开,还不识人间愁滋味。梦中的我仿佛又体味了一番年轻时无忧无虑的感觉,那看似在车上短暂的说笑,却是多年岁月美好的凝缩。人对流逝而去的青春岁月总会常常留恋、回忆,梦满足了我的这个愿望。

　　我已经在体制内单位提前退休多年，如今，回顾与展望成了一个慎重思考的问题，这一生究竟应该如何度过？未来的路子怎么走？一个新的十字路口使我困惑其中。

　　在这个职场，我的同事们，无论是中途去上大学深造或一直在单位里延续工作下来的，绝大多数人都差不多，始终没有跳出那个最初入门的行业范畴。而我是一个另类，是"不由自主地滑向另一条道路"的人，正像梦中出现的镜头一样。

　　多年以前，单位换了头儿，由非专业人士来管理众多专业人员。不仅如此，之后，管理甚至技术专家岗位开始一点一点地变化，仿佛是一块冰棒在你不经意间慢慢地融化。随之而来的就是一批非专业人士的"空降"，他们笑容可掬，不卑不亢，既表示了一种对新单位人员的尊敬，又带着一股有权力背景支撑在后的底气。他们会对你讲好多非常宏大但却不着边际的话。我开始烦躁、郁闷，甚至有时不大理智，但又必须常常将这种情绪压抑在心底。

　　于是离开了共事多年的同事、轻车熟路的专业，离开了轻松行驶在平坦公路上的"汽车"，孤身一人进入了一个完全陌生的环境，其艰难可想而知，自然是与泥泞不堪、凹凸不平的路与独轮车为伴了。万幸没有中途知难而返，而且还轻松地走了过来，那来源于内心的一点自信。

　　梦中，当我滑离公路之后回头张望时，同事们在车上高声呼喊我，我也回应着，好像是一种承诺。还听到他们要我在前方某个地点会合。当我仔细琢磨这个细节时，便意会到这个表象背后潜藏的是内心的心理活动。前方、会合，意味着精神的归宿。脚下的"泥泞"已成为笑谈或过去，我拐进了安静的小镇，去寻找曾经的美好与单纯，寻找友谊。这个类似圆圈的轨迹，却在起点与终点并不重合，我已经变成了一个全新的自我。

接下来怎么办？我似乎又走到了人生的一个拐点。这实际上是在物欲横流之中的一种精神挣扎或追求。有多少人在物欲崇拜之中迷失了自我，找不到精神的家园，回不到精神的故乡。荣格认为，人的前半生要实现社会目标——职业、人际关系、家庭和声誉，并且这是"人性完整"的付出。而生命的转折时期，人的心灵亦发生重大转折。那些自童年以来消失的性格重新出现，利益变得苍白，利益之外的东西纷纷登场。他还形象地表述，人生长寿要有意义，人生的"下午"不应该是"上午"的可怜的追随者。

那么，此梦给我提供这个象征"视角"的目的何在呢？梦有补偿作用，她往往将我精神领域所忽视的东西再次重复呈现。这个"补偿"应该就是向我展示了一条走向未来的路径吧，至少是指出了下一段的路程。那如果我误入歧途，又找不到出路，且长期徘徊于人生的十字路口，又不知如何选择，倒不妨仔细关注或倾听一下自己的梦，因为那里潜藏着你的潜能与智慧。

我找到了会合的地点，甚至有人为我的成功放鞭炮，但那是一个令人失望的简陋的厂房，凌乱又无序，没有田园牧歌。我还得继续上路去寻找。不是还有人在会合之处掰着指头——数落我的不是吗？那或许正是潜意识中对自我的不满。

2009年12月10日
2020年3月修改

赏析

可以说，人生处处充满了选择。到了一个路口，向左转和向右转，风景完全不同。孟子曾说："鱼，我所欲也，熊掌，亦我所欲也。二者不可得兼，舍鱼而取熊掌者也。生，亦我所欲也，义，亦我所欲也。二者不可得兼，舍生而取义者也。"宋代词人贺铸亦有词云："当年不肯嫁春风，无端却被秋风误。"这篇文章，作者依然从梦的视角，通过自我的亲身经历，为我们阐释了关于"选择"的话题。

在经历了诸多的事情之后，作者无不感慨地说："脚下的'泥泞'已成为笑谈或过去，我拐进了安静的小镇，去寻找曾经的美好与单纯，寻找友谊。这个类似圆圈的轨迹，却在起点与终点并不重合，我已经变成了一个全新的自我。"

为什么选择？选择什么？每一个人都有不同的回答，但是，让自己变成一个全新的人，无疑是最合适的，最明智的选择。"人生的'下午'，不应该是'上午'的可怜的追随者。"

有人说，选择一个高度，便拥有了一种精神。有的人活着，他已经死了；有的人死了，他还活着。在当下物欲横流、信仰缺失的时代，每个人都有自己对生活的认识和选择，有人选择奋斗，有人选择安逸；有人选择牺牲自我，方便大家；有人自私自利，唯利是图。无数的人在社会中迷失了自我，找不到自己的精神家园，回不到自己心灵的故乡。

而作者说，"我找到了会合的地点，甚至有人为我的成功放鞭炮。但那是一个令人失望的简陋的厂房，凌乱又无序，没有田园牧歌。"于是为了追求人生的意义，为了追求更为真实的自我，"我还得继续上路去寻找。"这就是一种可贵的精神。无论我们曾经多么成功，面对未来，我们总在路上。

（任爱玲）

飞 车

梦境——

  我开着车,好像行驶在高速公路上。天气尚好,但似乎没有阳光,那就是阴天吧。沿途的几道线上没什么车辆,我开的速度也比较快。忽然间,前面出现了一辆大货车,好像还有一段距离,但我与它越来越近。大货车肯定是很慢,我担心着可别"追尾"。但不知怎么搞的,距大卡车很近时,自己的车失控,车头大概是顶到了大卡车的尾部,果真是"追尾"了。奇怪的是,我并没有听到"追尾"的一丁点声响。
  有片刻的空白,之后我的车顷刻间飞到天上去了,而且它越来越高,越来越小,就像一张报纸那样大小了。我就站在公路边上,仰着头看着我的车,之前它只是飞了起来,并没有翻个,但不一会它竟然翻了过来,用车顶对着我仰视的眼睛……

释梦——

  我内心也感到奇怪极了,为什么?车飞了,可我怎么会还站在地面上?而我的车怎么会飞得那么高呢?它居然会飘在空中,也没有落下来的样子。还有,"追尾"是确定的,但为什么我就一点也没有听到碰撞的声响呢？

还是那句话，梦太任性，也太离谱，它居然能让我人车分离，并让我仰头注视飞车失控的一幕荒诞镜头。过于荒诞且夸张的梦境对于梦者的好处是不容易很快就忘记，此梦做过之后都二十多天了，飞车画面仍然清晰地留在记忆里。

乍一想，觉得此梦搞笑，无厘头，可我很快就意识到这是近来担忧出行安全的潜意识折射投影。今年秋天，我忙碌的写作告一段落，出版了两本书，算是松了一口气，紧张的神经也松弛下来。我想履行对母亲的一个承诺。老母亲八十二岁了，身子骨还硬朗，信佛，每日虔诚地做功课。她于二十世纪五十年代初从老家河北来到山西，在太原已经生活了六十年。母亲有时候会对我唠叨：来山西都六十年了，也没有上过五台山，真是遗憾，有时候与人家聊起来，都不好意思说。每次听母亲这么一说，就仿佛听到她在抱怨，而实际上她并没有抱怨的口吻。有时候晚间躺在床上，母亲的那句遗憾的话回响在耳边，内心便也同时被一种愧疚所缠绕。可一来是工作忙碌，二来是总感觉母亲已是高龄，担心带她出远门会不安全，所以就拖了下来。但这个秋天，我与其他家人商量之后，对母亲说，要带她去五台山拜佛。没想到老母亲不仅没有丝毫犹豫，而且非常高兴地说好。

太原到五台山有了高速路，也就二百多公里。我计划自己驾车带母亲去。我独自驾车跑过长途，最远一日跑过五百多公里。在高速路上开车倒是爽快，但我最大的问题是独自开车久了会犯困，每当困意袭来，非常难以抗拒，若离服务区还远，便打开车窗，使劲咬咬嘴唇，实在不行就高声唱歌。但尽管如此，我驾车跑长途也没有太多心理障碍，心想着反正中途多休息几站就好。但这次带母亲跑长途就顾虑来了，出发前好几晚上都想着这事，母亲毕竟年事已高，万一她路途不适怎么办？再说高速路也并不都是理想状态，也有车多拥挤的时候。可是除了自己驾车也没有更好的其他出行方式啊，火车或公交车更不方便。记得余光中先生说过，出行还是将方向盘握在自己手里放心。说归说，计划已定，我就开始准备了，但内心还是七上八下的，总是想着路途上怎么能更安全一些。晚间，每当担心的念头冒将出来，我便将其挥走，去想点或干点别的事。但它根本不可能消失，你只不过是暂且把它压抑在内心深处而已。这不，离计划出发的日子还有几天，就做了这么一个梦。

仔细想来，倒也好，这梦给我提了个醒，小心没大错。我的驾龄已快二十年了，对自己的驾驶技术应该比较自信，自驾车时也从未出现过危险情况。可我的内心也非常清楚，这驾车最怕的是"无定向导弹"，你倒是小心谨慎，可总有不小心的，还有酒驾的。所以得谨慎再谨慎，开长途车就得眼观六路耳听八方。再说，这梦以真切的画面告诫我，尽管你车技好，有车人一体的感觉，可车辆毕竟并非你身体的一部分，不是你的胳膊或腿，稍不小心，它就会失去你的控制而飞起来。

出发前，我特意去为爱车做了检测、保养。我对修车师傅说，我要带老母亲去旅游，请帮我仔细检测。末了，师傅非常肯定地对我说，没问题！我又让小妹与我同去，路上照顾老母亲。就这样，我们在五台山尽兴地游览了好几天，母亲真是开心极了，拜了佛，请了佛像佛卡，了却了她的一个夙愿。

等从五台山回到太原之后，老母亲在小区与老友们聊天时，常常开心地讲述儿子、姑娘带她去五台山的诸多见闻……

2012年9月11日
2020年3月修改

赏析

这篇文章，作者借梦境中的"飞车"事故告诫我们，路上无小事，驾车需谨慎。开篇作者便将我们带到了一个离奇甚至怪诞的画面之中，"我开着车，好像行驶在高速公路上。天气尚好，但似乎没有阳光，那就是阴天吧……""没有阳光"四个字，看似闲笔，实则有着暗示，为下文莫名其妙的"追尾"设置了一个特定的环境。

"沿途的几道线上没什么车辆，我开的速度也比较快。忽然间，前面出现了一辆大货车，好像还有一段距离，但我与它越来越近。大货车肯定是很慢，我担心着可别'追尾'。"我们来看这几句交代，首先，沿途几条车道上没什么车辆；其次，前面的大货车开得很慢；但是，第三来了，"我"却担心"追尾"。这就是所谓的"离奇"之一，"我"的担心，大约出于"我开的速度比较快"吧。

于是，担心的事情发生了，"自己的车失控，车头大概是顶到了大卡车的尾部，果真是'追尾'了。"然而，"奇怪的是，我并没有听到'追尾'的一丁点声响。"这就是所谓的"离奇"之二了。

不仅如此，"我的车顷刻间飞到天上去了，而且它越来越高，越来越小，就像一张报纸那样大小了。"车飞起来了，在天上，像一张报纸大小。这就是所谓的"离奇"之三了。

"梦太任性，也太离谱。"的确如此啊。但这一切，归根结底是因为"我"的紧张——因为"我"要带着母亲去五台山了，这是一件多么重要且有意义的事情啊！母亲已八十二岁高龄了，带母亲去五台山一直是自己的愿望，但是因为诸事缠身，一直没能如愿。如今，马上就能实现这个愿望了，"我"怎么能不激动、兴奋，甚而紧张、恐慌呢？由此，我们不难感受到作者一片拳拳的赤子心。

作者引用余光中先生的一句话，出行还是要将方向盘握在自己手里放心。这句话意味深长,它告诉我们,人生的路上,又何尝不是如此呢?只有把握住了人生的方向,我们才不会让自己的车飞起来。

(任爱玲)

母亲的背影

梦境——

母亲与我,还有另外几位亲人,我们好像是在省城一个陌生的家里。在这套房子里,我们彼此谈了些什么,记不清楚了。之后母亲执意要走,要回到省城内她自己的家去。我没劝住,老人家竟自己先走了。我心想这怎么可以,于是匆忙出去追母亲送她。心想着是骑上一辆自行车,好送母亲回家的。感觉母亲的家距离这所陌生的房子还是有些距离的。结果,当我推着自行车的时候,突然间那车竟然变成了一个滑板,滑板底部有两根磨得发亮的铁条,我倒是没有感觉怪异,因为我在孩提时玩过这个,乘着它可以滑很快的。我还试了试,没有问题的。倒是身边的妹妹笑了起来,她说你怎么滑着这样破旧的东西呢。

母亲已经不见了身影,我便去追,此时脚下那个滑板也不见了,我手里还拉着我的儿子,儿子居然只有三岁大小,非要我抱着他走。而现实中我的儿子早已结婚成家。在一个山包上,我朝下看,视野倒也开阔,奇怪的是山下呈现出一个幻觉般的原野景象,而并非都市。在空旷的原野,我看见了远处老母亲的背影,她矮矮的个子,迈着缓慢的步子移动着,好像马上就要转弯了,等她一转弯,我肯定就看不见她了。我喊着,但她听不见,太远了,她的身影越来越小,一点一点移动着。此时，我感觉迎面而来的风令我背脊发冷。我拉着儿子想从山包上下去，去追母亲，但脚下变成了比较陡峭的山岩，仿佛刀削一般，而且有裂缝，根本无法下去。焦虑、急迫的感觉弥漫全身，随即我与儿子转身往回走，而此时的儿子开始扭动身躯，嘴巴里也不知道在嘀咕些什么。我有些烦，抱不住他，就教训他，并且将他放在了地上，叫他自己走。他终于听我的话了，不再吵闹，迈开步子走起来……

我稍微地轻松了一些，就跟在儿子后边往山下走。此时，终于看清楚有一条宽敞的山路环绕着向山下延伸，心想原来母亲是顺着这条好路走的，于是也就稍稍放心。我想着与儿子一起，顺着这条山路去追赶母亲……

释梦——

梦醒之后，一股缠绕全身的焦虑之感仍然没有迅即消失。梦的画面语言再清楚不过，它是我潜意识的折射。梦境里那套陌生的房子，应该就是我的家，母亲住着不自在，她更愿意住在自己家里。即使在儿子家里，相对于她自己的家也是陌生的。我与母亲的家都在省城，她执意要回自己的家，而微妙的是我去追赶母亲时，看到她的背影并不是出现在都市的街巷里，而是在一片空旷原野的远处。这种景象与繁华都市形成强烈对比，给我带来一种茫然、苍凉之感，此时"迎面而来的风令我背脊发冷"。这种生命短促的感觉于体内的升起，促使我带着儿子绕道去追赶母亲。母亲的高龄让我感觉到了时间的压力，面对横在我们之间的时光距离，让我很无奈，居然无法走下陡崖去缩短与母亲的距离。母亲越走越远，那是我的梦幻感觉，而现实中的她却在日夜盼着见重孙子呢。梦境中的变形表明我潜意识中压抑的情绪是焦躁与急迫。抑或是我更希望手中拉着的就是儿子的孩子，这也是我与母亲的共同愿望。于是乎儿子在梦中变幻为一个我手中拉着的小孩。

我知道，时光猛于虎，再过若干年月，走在狂野里的将是我，那时我将留一个遥远的背影给站在山包上的儿子，希望那时他的手中牵着他的孩子。这就是生命的轮回，或许随着你父母年龄的增长与你孩子生命的绽放，处于中间地带的你，会滋生一种挥之不去的复杂感情，其中最浓最深的应该是爱，当然也包括恐惧。

望着母亲远去的背影，我还能够追得上吗？我拉着孩子的手去追赶母亲，就是想让她走得慢一点，想缩短我们之间的时光距离，想让她看到更多的惊喜……

2015年11月
2020年3月修改

赏析

这篇文章虽然短小，却感人至深。

在作者的梦境里，场景在不断变幻，但唯一不变的是年迈的母亲以及她渐行渐远的背影，"我"追不上，更抓不住。这预示什么呢？我想，应该是时光。

"在空旷的原野，我看见了远处老母亲的背影，她矮矮的个子，迈着缓慢的步子，移动着，好像马上就要转弯了，等她一转弯，我肯定就看不见她了。"

梦是多么的神奇而玄妙。我们每一个人，都会有一天看着母亲"转弯"，然后就再也看"不见了"。无论我们怎样追赶，怎样呼喊，怎样不舍。

"山包"上,母亲的"背影""矮矮的个子""缓慢的步子""移动"等等,作者运用这些词语和句子,为我们描绘了一个女人在把自己一生的光阴都献给自己的家庭、献给自己的丈夫和孩子之后,剩下的只有走向旷野的矮小的身躯。这让我想到了余光中的《乡愁》,想到了那"一方矮矮的坟墓"……

"我拉着儿子想从山包上下去,去追母亲,但脚下是比较陡峭的山岩,仿佛刀削一般,而且有裂缝,根本无法下去。"——是的,这是梦境,但更是现实,残酷的现实。

春秋代序,日月轮回。我的儿子长大了——

一头是年迈的母亲,一头是我的年轻的儿子,这应该是作者的整个世界,或者,也是我们的整个世界吧。想到莫怀戚的一篇散文《散步》,祖孙三代在走大路还是走小路的问题上,出现了分歧:小路有风景,适合儿子,但是难走;大路好走,适合母亲,但是缺少了风景。于是"我"果断地选择了"大路"——因为,母亲已经老去,陪母亲的日子不多;儿子还小,未来的路还很长。

"望着母亲远去的背影,我还能够追得上吗?我拉着孩子的手去追赶母亲,就是想让她走得慢一点,想缩短我们之间的时光距离,想让她看到更多的惊喜……"——文章的结尾将作者对时间的焦虑与对母亲的深情委婉倾诉。

文章隽永,让人回味。

(任爱玲)

梦海探秘

第一辑

心灵密室

这是早晨醒来前的一个梦，记忆比较清楚。我领着四五个原单位的同事进了一所大院，走到了我新供职单位的一间办公室门口。当我打开门请他们进去的时候，突然有一种警觉……

奇异的表演

梦境——

今天早上醒来，感觉似乎有梦的记忆，但一时想不起来。起床后想起来了，地点很像我儿童时期住过的那种排房大院子，大概是在最后的一排。有两位表演者在表演，一位是中年人，另一位是年轻人，他俩手里拿着长矛走向侧前方，就在离我约有几十米的地方，突然间就飞了起来，前后相随，向上举着长矛，缓缓地向太阳的方向飞去。我纳闷极了，虽然是不得不相信自己的眼睛，但这怎么可能呢？人怎么可以有了这种本事，飞到了天空中去呢？然而他俩在空中飞着的身影，确实晃动在我的视野里。当他俩的身影在空中越来越小，终于变为小小的黑点继而消失于我的视野之后，我不再注视天空。

令我没有想到的是，就片刻工夫，"空中飞人"又从天上下来了，就站在我的身边。我与周围的人对他俩似乎有质疑般的提问……

画面转了，一排排的人群似乎是在演出，他们整齐的队列斜排着，就像是从一个硕大舞台的左后方走出来，且在做着舞台表演的动作。突然，刚才那两个飞到天空去的人身着灰色且粗糙的衣服爬着出来了，在人群队列的前面爬行，试图是想爬到舞台的中心位置，但有人摁着他俩的头往后推，直至推至左边的幕布之后，但他俩又弹簧反弹般地爬了出来。这回涌上来的人更多了，大家纷纷上前把那两个会飞的人的胳膊给拧了起来，意思是不让他俩表演。我心里清楚，大家一定是明白所谓的"空中飞人"是骗人的把戏……

释梦——

昨晚6点左右，我看了一个电视节目，是对斯皮尔伯格的第一部外星人影片的专题介绍。主人公是一个儿童，影片结尾的画面是他骑着自行车带着外星人，在众多警车的围堵面前，突然飞了起来朝月亮飞去。这个片段后来成了好莱坞的经典画面。外星人与男童飞起来到月亮上去了，那是男童与外星人邂逅之后的一个梦想。没想到这个镜头画面居然成了我当夜梦境的诱因，梦中那两个飞到空中的人与这个电影结尾画面简直酷似。

此梦呈现的地点是我童年生活过的环境。看着那两位飞起来的人，我内心满是疑惑，也就是说我虽然身处童年环境，但现在已经是成年人，我以怀疑的眼光来看待这件奇怪的事。他俩飞起来的时候我是眼见为实，但我认为那是虚假的，这也许正是我潜意识中排斥虚假的心理活动。

虚假是令人厌恶的，我希望这个虚假现象被戳穿，结果就有了两位空中飞人在后来表演场面上被众人拧了胳膊的结局。

这个梦境与我的哪些生活经历有关系呢？这些潜意识的神秘语言究竟在向我说什么呢？思考来思考去，一时还真是难以想出一个自圆其说的头绪来。我推测，也许是近年来我所经历一些事情的集合，而后被梦凝缩成为一个如此具体的象征"虚假"的流动画面。我在梦中始终存在的感觉是对的——疑惑或质疑，这是常识，因为人飞起来是不可能的。我鄙视、排斥这些虚假，于是一定希望虚假在大庭广众之下被识破。可以说，这一梦境所呈现的画面故事，曲折地满足了我内心深处的愿望。

——也许是这一件事：我曾经遇到一位年轻的助手，是上级委派的。在我接受其到来之前，他笑容可掬，热情得很有些温度，但在到任之后，对我交代的重要事宜非但极少反馈，反而常常是越级汇报，热衷于打小报告，使我有时会陷入尴尬境地。此种做法是犯大忌的，或许他在别的场合也同样如此。不久，这位飘飘然的助手就被调换走了。

——或许这一类事也有可能：我曾经参与申报过一些评奖活动，但对有些评奖规则实在不敢恭维。最荒唐的是，有的评委居然也出现在获奖名单之中。网络上有人这样嘲讽说：那些虚假的"飘飞起来"的作品，经得住时间的考验吗？

在职场，你有时候会遇到不公正待遇，会看到错误的人坐在错误的交椅之上，其背后当然有你无法搞清楚的虚假内幕。在生活中，你有时候会买到一些假冒伪劣商品，那会影响你的心情。

上述事情经历多了，你以为见怪不怪了，麻木了，但内心的厌恶感或排斥情绪却不会消失得干干净净。你的梦境有时候会上演一部作品，将你的这些被压抑的情绪释放出来，你若懂得它表述的潜台词，那心情会好许多。在梦里，虚假飞行的人最终在舞台上是爬着出来的，是被众人摁着头颅往下推的，当其试图再次爬到舞台的中心位置表演时，被众人愤怒地拧了起来。——这还不够解气吗！

我真是喜欢上自己的梦了。神奇的梦境世界，的确有好多未知让我无奈，我只是尝试着去接近它。

2007年12月6日
2020年3月修改

赏析

我们生活的大千世界,色彩缤纷。每个人都会做梦,作者笔下的"梦境",让人产生无限的联想和想象。这个"梦境"之于人,有许多的"未知",引导我们去探究,去思索。

文章开头作者用寥寥数语,为我们初步勾勒了一个神奇世界的轮廓,如小说中"设置悬念"一般,吸引读者的阅读兴趣。

其次,是对梦境的描述。这样的描述似乎有些怪诞,一切都是模糊和朦胧的,地点不详、人物模糊、事件似断非断,一切都"晃动"在"我的视野里",也晃动在读者的视野里。这里的描述,不是空幻的,而是有一种生活的影子扎根其中,绝非故弄玄虚的骗人把戏,作者的潜意识在梦中的流动画面,让我们再一次看到"梦境世界",也同时感受到因未知而产生的心动。因此,开头的"未知"让人"尝试接近";但人的认识毕竟是有限的,因此,面对庞大无穷的"未知"又常常会感到"无奈"。

第三,作者在"释梦"阶段是从一个电视节目开始的。这个节目正如作者所说,或许就是"我当夜梦境的诱因"。作者有意识地把真实和虚假两种对立的意识放在一起,似乎昭示着梦境的真实性,而这里的"真实"恰是作者和现实生活的对接,作者巧妙地用"梦"的语言解释出来,具有一定的真实性和典型性。同时,作者也明确地鄙视"虚假",以及对"真诚"的追求。同时,作者把一些看似毫无联系的事件,有机地贯穿起来,把生活中的种种,从不同的角度做了一个典型的呈示,既独立又连贯,既荒诞又真实,丝毫没有违和感。这样,作者的"梦境"就有了落足点,有了生活的依托,自然生发出"我真是喜欢上自己的梦了。神奇的梦境世界,的确有好多未知让我无奈,我只是尝试着去接近它"的感慨。

(李学文)

李学文，山西省特级教师，太原市语文第五批名师，现为太原市第四十八中高中语文正高级教师，先后获得太原市优秀教师，太原市优秀青年教育工作者，太原市高造诣学科带头人，太原市优秀班主任，太原市基础教育课程改革先进个人，太原市"三育人"竞赛先进个人、"十佳师德标兵"一等功，太原市首届"升华杯"竞赛一等奖等。承担了太原市教育科学"十二五""十三五"一般规划课题《高效语文阅读教学的特征及实施策略的研究》《高效语文课堂教学的设问艺术研究》的研究，撰写有《新课程背景下的教学设计》《抱瓮知村近——探索语文教材的内在有序性》《自读课教学初探》等多篇教学论文。

钱包与狗及其他

梦境——

在一座大桥上，我与一位看不清面孔且不知是男性还是女性的人滚在桥面上，双方使劲地扭打着，我的手臂和腿部动作很大，但当拳头或脚击在对方的身上时，并没有真正地使劲，或者说是没有使劲的力气。透过桥的铁栏杆可以看到下面是流动且清澈的河水，呈弧线形的漂亮桥体一直延伸向对岸，我可以借助它从此岸到达彼岸。但此时我与人扭打在桥面上，桥就成了一个危险之地，而过桥暂时成为不可能的一件事。对方被我摆脱了，可不知为什么，我将自己的钱包放在了铁桥栏杆的一个小缺口处。我离开了方才扭打的场地，退到了几十米远的地方。突然，我又想起了钱包，于是就跑着回去，想捡回钱包。

此时，一个奇怪的场面把我惊呆了，只见一条黄色的大狗用嘴巴衔了我的钱包迎面慢跑过来，不过好像不是冲着我跑来的，等到越来越近时，它斜着向着我右边的方向跑，那样子是要躲过我的阻拦跑过去。我很急，想着冲上去从狗的嘴巴里夺回我的钱包，但又有点怵它，因为狗这家伙是要咬人的，于是无奈地眼看着它摇摇晃晃在我对面几米远的地方跑着。

我立刻就想到了那钱包里不仅仅是有钱，还有银行信用卡及身份证件等，于是慌忙地喊起来，但大黄狗仍然不慌不忙、一颠一颠地迎面而来，之后从我的右前方不远处瞬间就烟雾般消失了……

我站在铁桥上，心里空荡荡的，脑子里仍然在惦记着钱包……

释梦——

梦里我在桥面上与人扭打，就等于是身处于一个危险的地方。扭打的对象为什么非男非女又看不清面孔？我们翻滚在桥面上究竟是为了什么？看来是与那个钱包有关，但从我在梦里最担心的不是钱包里的钱来分析，钱包可能代表的是更为有价值的东西，是我作为一个人的信用（信用卡）与身份（身份证）。如果丢失了信用，就不能在社会上立足，而如果丢失了身份，就连自己是谁都说不清楚了，那就会随波逐流，在尘世的水波里失去自控。这是一个基本的常识。

说白了，我就是在与那个扭打对象争夺我的信用与身份，这的确是一场非常有意义的争夺，也是一场危险又艰难的决斗。如此看来，好一个寓意深刻的梦啊！

毫无疑问，那个与我扭打的人就是人生旅途上所遇到的形形色色的诱惑，是一个综合象征体，所以非男非女，他或她纠缠着我，使我难以脱身。桥下就是汹涌的河水，不小心坠落下去就无异于堕落，就真的是丢失或迷失了自我。幸好，我没有滚到桥边，还没有滑到那种惊心动魄的危险境地，说明我还没有在欲望的诱惑之下彻底迷惑。我使劲地挣扎，并用手脚反击，但没有力度，或者说是没有真正地下狠手，这兴许就象征着我在现实中面对那些形形色色诱惑时的犹豫或无奈。

那个非男非女看不清面孔的人，居然与我贴身扭打、翻滚在一起，想必也应该是另一个自我的象征。既然是另一个自我，就看不清楚面孔，否则我将会是与一位从外貌和我一样的人在扭打，如果是那样我很快就会从睡梦里惊醒，梦境也就无法延续其表演来释放潜意识深处的"岩浆"。非男非女，暗喻自我内心世界也有软弱的一面。双方扭打时，我手脚的动作很大，但没有真正地使劲或使不上劲，这或许恰好意味着我对自己内心的弱点下不了手，就像一个烟瘾十足的人要决心戒烟，总是在暗暗发誓，却又总是偷偷地原谅自己的意志不坚定。

我的"钱包"，不，准确地说是我的有价值的心灵，是被自己莫名其妙地放在铁桥边上的，这怨不得别人。它卡在铁桥的栏杆之处，也就是说随时都会有坠入河里消失的可能。我急忙地奔跑回去，想拿回它，内心空空的，像被什么怪物掏空一样，焦急而恐惧。这是个行动，而不是想法，说明我已经在自我救赎，我用具体的行动来证明自己丢失"钱包"的错误，试图夺回丢失的"钱包"。

在尘世的现实中，人们既被诱惑又不想摆脱诱惑，或者无力摆脱，这几乎是一种普遍的现象。诱惑也具有非凡的魅力，它就像《浮士德》中的魔鬼，引导你深陷享乐而忘乎所以，不能摆脱纠缠去走向光明的远方。我已经人到中年，耳际时时萦绕着光阴逼迫的足音。幸运的是梦境告诉我，自己终于摆脱了扭打与纠缠，且离开了那个打斗的现场。我在距那个打斗现场几十米远的地方回头注视着，其实是在反思或曰反省，我究竟做了些什么？电影中的意识流表现手法一定是来自人类梦境的启示。此刻，我的梦将镜头倒了回去，将一个画面聚焦给我看：是我自己不大清醒地、非主观有意地（梦境中是莫名其妙）将"钱包"放在了铁桥栏杆的一个缺口处，实际上也就是放在了一个危险之地。

而梦的高明之处就在于，它的这个具有启示作用的画面，是让你在竭力摆脱诱惑与纠缠的时候，在你与诱惑保持一定距离的地方，才能够看到或看清楚。这也正是我潜意识中没有被注意到或有所忽略的智慧。

梦中那条黄色大狗又寓意什么呢？它不慌不忙一颠一颠地迎面而来，绅士一般，并不怕我，也不躲避我，而是在距我很近的右前方烟雾一般地消失了。狗在现实中是人类忠诚的朋友，往往比假朋友更忠诚可靠。心理学家说，狗在梦里往往代表着我们心灵的警察，随时监视着我们的行为。我说或许它还代表人们的良知，也集合着现实社会的规范，从而对我们的胡思乱想和在现实中的行为保持高度警觉。

大黄狗叼着我的"钱包"，就在我眼前晃过，仿佛是在对我说："想要你的钱包吗？放心吧，请跟我来！"

维蕾娜·卡斯特有一个经典的形象比喻，她说，自我是自我调节和自我为中心的主要原型，是我们生活中神秘的"精神校长"，它刺激我们终身发展，同时也是一个操控自我情结发生和发展的原型。

而我想，一定正是我内心的这位神秘的"精神校长"导演了这场精彩绝伦的梦境。

2009年12月6日
2020年3月修改

赏析

作者先从一场模糊的二人扭打场景开始。这段梦境的描写，人物的外貌是模糊的，面孔不清，男女不分，只有地点似乎可以看出：桥头、栏杆、清澈的河水、线型的桥体等等，其余都不甚分明。我们知道，一个好的场景，首先是视觉，就是把一个动画定格，看到近景、远景和人物。如果拿这样的标准看，这个场景就包括了远景，漂亮的桥体一直延伸向对岸，而且作者似乎不时跳出梦境，进行某种评判，"你可以借助它从此岸达到彼岸"；近景，"滚在桥面上，双方扭打着""我的手臂和腿部动作很大，但当拳头或脚击在对方的身上时，并没有真正地使劲，或者说是没有使劲的力气"，把扭打的场面及心理状态做了有机的展示，而且，又转化为半知视角，"我"直接参与，生动可感。这样浑然天成的梦境，要素具备，再加上作者的细腻描写，仿佛神来之笔。也为下文钱包、狗和其他做了铺垫和渲染，一个生动活泼的梦境，一个似乎虚无又真实生动的梦境便呈现在我们的面前了。

其次，在梦中丢失的钱包而且是黄狗用嘴巴衔了的。这些要说明什么，告诉我们什么？在释梦中似乎我们可以找到答案。作者担忧的不是钱包，而是"身份"与"信用"。"身份证"恰恰说明：在这样的大千世界里，或大而化之，在辽阔的宇宙里，你是谁，是你和他人有效区别的明证；也是一个人在大千世界里，你又该承担什么责任的凭证；"信用卡"则是你的人格证明，古人曾说"言而无信，不知其可"。一个人立足社会，诚实守信是基本的条规，如果丢失信用，就会迷失和堕落，就会随其波而扬其流，丧失做人的底线。

作者运用逻辑推理，抽丝剥茧般地揭开了梦境神秘的面纱，这种巧妙且有难度的方式，引导我们去联想人生价值的重大命题。这样的命题不仅是作者仔细思考的，作者通过梦境呈现的，也是需要我们每个读者思考的大问题。

（李学文）

心灵密室一瞥

梦境——

这是早晨醒来前的一个梦，记忆比较清楚。

我领着四五个原单位的同事进了一所大院，走到了我新供职单位的一间办公室门口。当我打开门请他们进去的时候，突然有一种警觉，这个只是我有钥匙的办公室似乎有人进来的痕迹。于是向周边的人打听，有人告诉我说原单位的某某也有这间办公室的一把钥匙。我心里觉得有些别扭，感觉怪怪的，但也没有太在意。我领着这些同事来干什么呢？好像是准备洗澡，在进大院前我好像还对他们说过一句话，意思是在这个大院里的工作者引了外人来洗澡的，我还是唯一的一位。可是接下来大家并没有洗澡，他们坐在周边，包括那位也有我办公室钥匙的人——不清楚他何时也冒将出来。其中一位同事的儿子开始在房子中间挖掘什么，他裸露的手臂上青筋突起，血管也鼓得夸张奇怪，我心里暗暗猜测，这孩子的身体一定有些问题了。房间中间慢慢地被他挖出了一个四方形的大坑，我站在边上，用手指勾着墙边的檐子，来回跨越着，似乎是表示我很轻松地注视着眼前的一切。他们挖掘出了些什么呢？好像没有什么值钱的东西……

场景跳过去了，不知为什么，我转到了办公室的后面，光线也暗了好多，眼前出现了三间大平房，乍一看，好像走到了我小时候住过的自家门口了，仔细看又不像，因为我小时候住过的是排房，而眼前的房子类似于一个四合院。正对面是一间大房子，门窗是关着的，隐约可以看到里面。两边的房子朝向院子内的一面没有墙壁，自然也没有门窗，有几根柱子，里面的情景都袒露着。其中右边的一间，地面的席子上摆满了白色的馒头，馒头上还有红枣。我好生奇怪，怎么这么多的馒头摆在地上？更奇怪的是馒头边上蹲着两三只深颜色的猫，它们一动不动，眼睛发光，看着我，那神态倒没有什么恶意，却也看不出友好。猫也没有吃那些馒头。我在地面上寻找着什么，似乎看到了一个空罐头筒子，于是用脚将罐头筒子向那些猫踢了过去。罐头筒带着咣当咣当的声响，从猫的身边滚了过去，但猫没有什么反应。我边走边向左边看，这间房子也有些内容，但实在想不起来是些什么东西了，好像是些零乱的杂物，反正不大整洁，还有点贵重物品。

我无言地从这所院子里走了出来……

释梦——

在梦中，我领着的是原单位的同事，走到了我新单位的新办公室。现实中的新单位是个令我愉悦的地方，仿佛是一种事业的归宿，可以将爱好与工作结合起来。偶尔我也会邀请原单位熟悉的同事过来喝茶聊天。可是在梦里当我领着几位同事打开新办公室门的时候，却怀疑曾经有人偷偷地"光顾"过，而且还发现原单位有人竟然有我新办公室的钥匙，这让我心里非常不舒服，仿佛被人窥探了隐私一般，抑或是这里成了被人暗中控制了自由的空间。这些意象与情节其实传递出我内心的一种担心和顾虑，说明我潜意识里仍然保持着敏锐的警觉，说白了就是我想与原单位的某些人保持一定距离。职场中倘若遭遇过别人的暗算，那创伤的记忆一定会留在心灵深处。

我破例领着他们来准备洗澡，这又是一个较为明显的暗喻。所谓洗澡就意味着要脱光了衣服，彼此坦诚相待，别藏着掖着，这也是我内心的意愿；但实际上又没有洗，他们围着我坐着，甚至其中还有那个暗藏我新办公室钥匙的人，这就进一步说明了我的担心有道理。别人有我的钥匙，还趁我不在的时候光顾过我的新办公室，这无论如何是令人恼怒的。暗藏有我新办公室钥匙的人自然是不信任我，当然我也不会信任他，而且这种人对我来说简直就是一种危险。或许是往日的创伤记忆以这样一种变形伪装而出现在梦中的吧。这样的状况怎么能"洗澡"呢？接下来的情景更为形象地证明了我的猜测：原单位某同事的儿子——十有八九就是暗藏我钥匙的人的儿子，开始无礼地在我的新办公室里挖掘什么，他病态的肌肉和夸张的血管引起了我的警觉。挖掘是个象征，象征着要从我身上挖掘出些不利于我的东西来。地板上挖出的大坑，说明了挖掘得相当专业；但是什么也没有挖到，只是挖出了没有意义的土，面对这一切，我表现得平静、轻松且坦荡。至于那个病态的儿子，也并非是实指，而是一种借代，单位职场上本不会有"儿子"的戏，那不过是头脑简单且只会奉命行事的人的变形。

随着社会文明的进步，人们应该根据自己的爱好和兴趣来选择职业，那样的话，职业就不仅仅是谋生，而是有着原动力驱使的事业。

有意思的是梦的后一半。梦仿佛十分了解我的心思，怕我对前面的梦境不大明白，担心我对自己内心疑虑的缘由搞不清楚，于是领着我继续往前走。我便撇下了那四五位同事，独自一人走到了更为隐蔽的后院。我没有邀请谁，也没有谁尾随跟来。那个展现在眼前的光线幽暗的小院子，还有半敞开半遮蔽的几间房屋，其实就是我心灵密室的呈现。它只给了我片刻的机会，让我瞥了一瞥。中间的那间大屋子有门窗，还没有让我看，神神秘秘的，也许时机不到，想必里面潜藏有更为丰富的内容。而两边的屋子有点怪异，引起了我的好奇，仔细想来，却是我个人近期思绪的一幅超现实主义画作。那些满地白花花的顶部粘着红枣的馒头，象征着我的新事业对己对人都很有价值，但还没有来得及去合理地使用它，所以它们就待在本不该放置的地面上给我看，以便引起我的高度注意和联想。那些蹲在馒头边上的几只深颜色的猫盯着我，与周围的环境形成一种强烈的反差，即使是颜色也与雪白的馒头形成刺目的对比，我知道它们正是游荡在我潜意识深处的"超我"，是以警察的角色来监督本我的，意思是说：看看你这里像个什么样子！我不喜欢这个夸张怪异的画面，向黑猫们踢过去一只空罐头筒子，意思是别烦，我知道了。猫并没有惊慌，仍然一副绅士派头，继续坚守它的天职。

画作向我展示完了，梦的使命似乎结束了，所以我也就恰到好处而又适时地走出了心灵的密室，走出了梦境。

2009年12月22日
2020年3月修改

赏析

我们每个个体都有自己的一个"心灵密室"。可大可小，可复杂可简单。作者把自我的指向直指人生的内心深处，又用"一瞥"来缩小。所谓"一瞥"的意思就是飞快地看一眼，没有仔细看。作者试图用这样一种独特的方式给人们呈现出人生的某种状态，让我们透过这样的人生状态，去看清人的本源。

有时候，现实和梦境并没有明显的划分，我们人生的许多经历会以某种方式投射到梦中，在梦与人生的平行世界里，形成一种交互式的叠加，也许这就是"人生如梦，梦如人生"的一种说法吧。

作者在梦境里，用非连续性的叙说把几个看似没有任何关联的故事，用一种自然的叙述交织在一起，用小说叙事中的半知视角第一人称叙事，它只局限于叙述人的所见所闻，受到一定的叙述限制，但它能使叙述显得真实亲切，拉近与读者的距离，同时便于抒发感情。

梦中带人去办公室，发现其他人还有办公室的钥匙；带人去洗澡似乎又没有去洗；同事的儿子挖掘着、寻找着……这样一些看似毫无联系的情节连缀起梦境。细细读来，却发现其中有着很紧密的联系，用虚幻的梦境构成了人生，或者说社会人属性的全部。人们常常会回过头去寻找过去的时光、过去的记忆、过去的故事，去检索曾经在你的生命中出现的人，这个时候你会用尽全力去检索、去分析。加之在社会这样一个大熔炉中，人要生存，人要上进，人要获得多方面的认可，因此，就会产生出一种自我封闭与保护的心理。但当我们坦诚相待的时候，也许许多事情就简单了。因此，作者又借用梦境的"脱光衣服洗澡"做了一个有机的暗示。作者在文章结尾处点到了梦境的启示，调整了自己的心态，其实，作者是用真诚的笔触、怪诞的叙述，平易而真诚地呼唤真诚的人性、真诚的人生。当我们用阳光的心态真诚待人时，发现别人其实也真诚待我。认识自我，换位思考，不断地督促自我改进，便会看到人生的阳光。

（李学文）

地下室记忆

最初我没有搞清楚梦在说什么,但凭直觉感到梦想要对我说一件重要的事情。

梦境——

地点:我曾经工作过的办公大楼。滑稽的是我们三个人在大楼地下室里见面。要进入这个地下室,需绕过几道狭窄的楼梯,爬着挤过一道黑暗的缝隙才能进入。反正不是一个让人感到宽松且阳光的地方。其他两位人物,一位是单位的头儿,另一位是办事谨慎的办公室主任。在低矮狭小且昏暗的房子里,头儿给我俩布置任务,我大脑仿佛空空的,记不住他说了些什么,好像是要派主任到外省去出一趟公差。结果是我与主任爬出了地下室,在车站说了会儿话,记不清是什么内容,之后又原路返回,无奈地转过狭窄的楼梯,爬过黑暗的缝隙,又回到了地下室。

我想撒尿,于是到了走廊尽头的厕所。那厕所居然是几十年前那种不带冲水的蹲坑式,我对着污秽的呈四十五度斜坡的坑正想撒尿,没想到头儿居然派了一个人跟了来,站在我身后,告诉我不能撒在外面,一定要撒在坑里。我说,这么大的坑怎么会撒在外面呢?但他还是不停地在身后提示,害得我断断续续地没有撒得爽快干净。

当我回到地下室的办公房间,头儿走了,就剩了主任在。待了片刻,实在无聊,我说,你回家休息吧,反正领导不在。主任执意不肯走,还给我讲了半天道理,记不清他怎么说的。我说,既然刚才头儿都能派你去外省出差,说明你不在这里也不会耽误什么重要工作啊!在我的反复劝说下,主任虽然没有口头同意我的意见,但我俩竟然鬼使神差地一起离开了那昏暗的地下室,爬出了黑暗的地缝,离开了那座办公大楼。

我俩走在大街上,天空黑暗,街灯绽放。我对他说:天都黑了,管他的呢,我们回家休息!

释梦——

早晨醒来,一直到刷牙时还在对昨晚的梦感到好奇,因为我已经离开该单位多年了,但梦里的我居然与那里的俩重要人物聚在一起。所谓好奇,还有一层意思,就是最初我没有搞清楚梦在说什么,但又凭直觉感到梦想要对我说一件重要的事儿。

我原工作单位的办公环境还是不错的,自己的办公室窗户朝南,阳光充沛。那位主任的办公室也不差,头儿的当然比我俩的更好。可为何在梦中我们的办公室竟变成了低矮的地下室呢?那简直就是昏暗、低矮得让人压抑的一个环境,我们得绕着走过狭窄的楼梯,还得爬过一条缝隙才能进入。或许这就是梦的夸张的艺术,将你心底暗流涌动的东西变形给你看,以期吸引你的关注——你曾经在这样的地方待过,或者说你曾经受到过这样的压抑。

梦将我们三个彼此熟悉的人集中起来,仿佛是经过了精心筛选。我与主任都是单位资深人员,是从基层一步一步走到管理岗位,而头儿却不是,他不是专业人员,让我们心里不舒服的是他在指挥,而且是外行对内行的命令式指挥。他在梦里布置任务时,我大脑里空空的，几乎没有记住一句，说明我对他的外行话根本就不屑一顾，这一点与现实的情形非常相似，我曾经没完没了地经历这样的场面。而唯一记住的一句话，是让主任到外地出差，但当我俩爬出地下室后，在车站说了一会儿话，又奇怪地转回到了地下室。这一细节生动无比，其寓意就是连听懂的这唯一指令仍然是错误的，因为我与主任在地面车站显然是商量了片刻，觉得无法执行，才又原路返回的。

我想撒尿，厕所却落后肮脏。这或许是一个巧合，即梦里内急与原有心灵压抑的痕迹来了个吻合。梦里的象征因为有了潜意而生动起来，我真想发牢骚骂娘的，但不仅不能骂，而且头儿还派了一位监督者站在身后，不停地告诫我只能撒在坑内。我也只是抗议，不，是辩解了一句。不过尽管没有爽快干净，但毕竟梦让我爽快了一会儿，而且是用发泄的方式，这自然对压抑的心理有一种释放作用。

现实中，主任离开单位的时间比我还要早几年。有一次，新来的头儿在召开会议前安排他录音，但一贯谨慎的他，想到以往的头儿开这样小型会议从不录音，就没有准备。结果，被新头儿在多种公开场合骂得狗血淋头。每每被骂时，主任脸色白一阵红一阵，嘴唇在蠕动着，就是发不出辩解的声音来。后来相处时间久了我才发现，主任非等闲之辈，喜怒哀乐不形于色，他不是没有脾气，而是在"卧薪尝胆"。果然，之后他就取得了新头儿的信任。但福兮祸所伏，信任里潜伏着危机，他知道的太多了。终于有一天，他选择了提前离职，做了无奈的选择。主任离职时私下对人说，今后决不会再走进这座办公大楼！

梦境的结尾是我俩一起爬出了"地下室"，走在了熙熙攘攘的街道上，天虽然黑了，但空气清新，街灯明亮，自由自在。我劝慰主任的那句话是："天都黑了，管他呢，我们回家休息！"这话颇具戏剧台词味道，话外有话，意味深长，像谢幕时留下的余音……

2009年3月27日

2020年3月修改

赏 析

现实的生活中我们常常有"被"的情况出现，被隔离、被误解、被批评、被领导、被扭曲……其实"被"带给我们的是不自由。

本文梦境写得笼统而粗略，但是写出了一个具有象征意义的"头儿"，一个典型的别里科夫式的人物，他把整个单位抑或生活在他周围人的世界辖制着，让每一个人服从、驯顺，没有任何思想，唯命是从。

在释梦中，作者把这样的人以及环境，做了个性化的解读。语言直白浅显，让人们直观地看到梦中的世界。"办公室窗户朝南，阳光充沛，单人一间"，与地下室的"昏暗、低矮且让人压抑"形成一种鲜明的对比。其实对比还不止此一处，作者有意让我们看到的是现实生活的折射。环境的压抑、沉闷；领导方法的简单粗暴，外行领导内行，官僚主义瞎指挥，人被扭曲、被异化，"即使有意见，也只能够按规矩来，而不能随心所欲"。这里作者有意识地把梦境和现实对接，用"表现得深切和格式的特别"做了完美的呈现。其实，想想我们身边也不乏这样的情境，但是随着社会的进步，相信这样的现象会越来越少。

值得提到的是结尾，正如作者所说，颇具戏剧台词味道，话外有话，意味深长，仿佛谢幕时留下的余音——"天都黑了"当然没有天亮了让我们来精神；"管他呢"是一种由他去吧的无奈感叹，其中也还蕴含有拂袖而去的快感；"我们回家休息"本意是在抚慰受委屈已久的心灵。读来耐人寻味，意犹未尽。阳光和煦灿烂，空气自由清新，家是心灵的港湾，诗意的栖居，当明天太阳升起的时候，也许是另一个全新的开始。

读完整篇《地下室记忆》，给人一种扼腕叹息的感慨，对现实的批判恰到好处，对人生的思考不露痕迹。作品构思巧妙，语言直白简洁，故事内容发人深思，更重要的是思想性很高，非常值得一看。

（李学文）

必须接受的告诫

梦境——

我坐在一个汽车里，是小车，应该是那种商务车的类型吧，里面的空间比较狭长。我坐在后面，驾驶座位上是一位年轻的姑娘，我只能看到她的背影。车发动了，准备起步，我内心忽然在想：她一个小姑娘，弱不禁风的，怎么能坐她的车呢，若是上了高速公路之后遇到危险，岂不是将自己的生命交于别人之手掌控吗？于是我将她替换了下来，自己坐到了驾驶座位上……

然而，车上的人一下子又多了起来。不知什么时候，驾驶座左前方又挤着坐了一个人，紧紧地挨着我，非常别扭。如果这样行驶，那我操作方向盘的手臂都无法自由活动。我坚决地请这个人（性别模糊）下车，而后我也下车去查看了一番什么。但等我回到了驾驶座位上的时候，刚才那位被我请下车的人又挤坐在了我身边，而且后边也有人，车内空间变得越发狭窄，令我好不郁闷。

车是开了，但非常缓慢，我的身体几乎是斜着躺在座位上，视线只能看到车前方玻璃窗的上方，却看不到马路上的情况。我又急又紧张，手忙脚乱……

汽车仍然在往前滑行，只是没有快速地跑起来……

释梦——

早上醒来，感觉昨晚好像是有梦来着，但脑袋里一片空白，什么也想不起来。一时也懒得起床，就静静地躺着。不一会儿，那梦竟然自己浮现出来，随之而来的就是一一展开的细节，宛如一个人缓缓地从水的深处浮出了水面，浑身还挂满了晶莹的水珠。看来这个梦还真是不想让我忘记，它居然穿透了已然覆盖记忆的遗忘区域。如此想来，此梦似乎是在牵着我有话要说，否则会放我走，因为每天都有好多繁杂的事务在等着我。

这次我下意识地运用了排除法，即试着从不同的角度解释这个梦，中途说不通了，不能自圆其说了，就将其排除掉。其中能够自圆其说的，我想就应该是趋近梦的真实隐意了。

最后选择的解释是这样的：一开始，那个坐在驾驶座位上的小姑娘就是我自己，不过是我的另一面，是我内心某个侧面的借代，因为我实在找不出证明这个小姑娘是别的什么人的充足理由。梦在这里运用了借代手法。年轻女性，优柔寡断，不被我相信，于是我果断地替代了她。也可以看作是潜意识中理智的"自我"对天性的"本我"的不相信。但是"本我"为什么要以一个柔弱小姑娘的形象出现在驾驶座位上呢？这个形象一定是折射着我的某些真实心理活动的，说明我目前不适宜"驾车行驶"，当然这个"驾车"，绝非仅仅是指驾驶汽车，而是有多重含义。后面的情节也进一步说明了这一点：当我替换了小姑娘，准备自己驾驶汽车的时候，又有一位不知性别年龄的人挤在了我的左前方，目的只有一个，就是让你感到不舒服，不能自由地开车，甚至说就是让你不要启动。我下车检查了一番，没有发现外观方面的异常，回到车上之后，发现又多了几个人，他们使我更具体地感到了车上空间的狭窄。我之所以下车检查，也说明了内心对此次行驶的不放心，心里没有底气。当我在此种状况下启动车辆之后，梦让我看不到路况，而只能看到车窗外的天空，但是车子是不停地在向前滑行，此时此刻我内心的着急与恐慌是可想而知的，因为看不到路况就意味着危险。事实上就等于是一个盲人在开车，简直不可思议，危险到了极点。

归结上述推测，再结合我最近思考的一些复杂问题，又忽发奇想：那车上起初准备驾车的小姑娘、驾车者我、坐在我左前方的人、身后拥挤的人，除了我本人——驾车者之外，一概面孔模糊，没有留下印象。他们不是别人，统统都是我自己，是我的一个又一个的侧面，是我复杂心理活动的交集形象呈现。"他们"各自怀揣自己的想法，好像经过密谋似的，团结起来，阻止我的快速前行。为什么呢？想来想去，只能是说明我目前的心理状态、身体情况、家庭现状，与我准备所做的一些复杂而繁重的事务不相称。仿佛是面对一次即将负重远行或长途跋涉的重大行动，我有些力不从心了，于是梦就导演了这么一出独幕剧来暗示我。

这个梦的意义在于告诫：必须减负，轻装前进！

这样的解释恰好就能够自圆其说了，每一个形象及细节都找到了各自合理的归位。近一个时期我确实繁忙，面对多项重要事宜，我得计划、抉择、行动。儿子到了该成家的年龄，却即将出国深造；我的老母亲需要妥善照顾，安排好她的生活，带她旅游，尽可能地提高她晚年的生活质量，可称心的保姆实在难找；还有"欠债"的书稿需要按时完成，其中的部分采访还需要远涉重洋，而医生却建议我的脚踝该做手术了。在新的一年即将来临之际，我好像正在装车，想把自认为重要的东西统统搬运到车上，并合理摆放，而后启动车子，负重远行。记得一位外国友人说，出门远途旅行之前，最发愁的是考虑带哪些东西，以及所带的东西如何在旅行箱里摆放。

正像我在梦里准备启动的那辆车子，它的状况不可能让我轻松远行。如果真是这样的起步，车是走不快的，也绝不会潇洒，没准儿还会有危险，这一点梦已经生动地展示出来。可爱的梦，像我的忠诚又聪明的助手，总是适时地提醒我遗忘了什么；也像我电脑里的网盘，替我存储着众多的重要信息，永不会丢失，需要时随即调用即可；亦像是我的另一个智慧的大脑，它的意见常常让我惊叹不已。

此梦提醒的可真是时候，在我左顾右盼不知如何是好的节骨眼上，给了我一个明确的暗示。我必须接受它的告诫，静下心来，仔细梳理新年的计划，潇洒而快乐地启程！

2009年12月28日

2020年3月修改

赏 析

现实生活中我们自由生活着，但是有许多规则和忠告是我们"必须接受的告诫"。我们如同驾驶着一辆老爷车，艰难地负重前行，无法选择，艰难取舍，但作者通过一个看似奇怪的梦境告诫我们"必须减负，轻装前行"。

文章开始给我们描述了作者的一个奇怪梦境，没有什么情节，更缺乏起承转合，只是模糊地看到车上有许多人，狭窄的空间拥挤不堪。梦中主角即是作者自己，用第一人称的叙事，给人亲切感、真实感，而且客观地叙事，平直叙事。三三两两的人物，尤其是一个小姑娘，只用一个"弱不禁风"便呈现出来，既具体，又模糊。

直到"释梦"作者才明确告诉我们这个梦的内涵，让每一个读者恍然大悟。原来作者通过这样一个看起来怪诞的梦境，其实是暗示我们每个人可能的人生。我们生活在这个日渐异化的社会中,日渐老去的父母需要我们抚养,慢慢成长的子女需要我们扶持,爬坡的事业需要我们更加努力打拼,飞速流逝的时间需要我们去适应,还需要我们去解开一个个难题,而心理状态、身体状况在慢慢地走着下坡路,所有的一切都落在我们日渐羸弱的肩膀上,所有复杂而繁重的事务向我们袭来,我们无法逃避,即使人生的这辆"老爷车"拥挤不堪,我们只能咬着牙关,努力去跨过一个又一个的坎坷,负重远行或长途跋涉。所有的机遇与挑战考验着我们,我们不愿意放弃其中的任何部分,但如果一直这样消磨着负重前行,那我相信我们的人生之舟迟早会倾覆,只是倾覆时间到来的早晚而已。

作者通过这样一个巧妙的梦境"告诫"我们,人生需要选择,人生需要取舍,人生也是需要分辨轻重缓急的。作者把这样复杂深奥的人生哲理,用一个隐晦的梦境呈现在我们面前,娓娓道来,没有居高临下的说教,也没有板起面孔的训斥,而是用一种近似平和的喃喃细语让人从心灵深处去思考,让我们每一个人"潇洒而快乐地启程"。

(李学文)

都市交通恐惧的阴影

　　梦境——

　　我准备去钓鱼。平时极少有钓鱼的闲暇，不知为何会在梦中动了如此雅兴。收拾好渔具后我下了楼，看到已有几位朋友向我住宅小区附近的那个公园方向走去。他们越走越远，我只能看到他们的背影。他们已经过了马路——到公园得穿过这条路，奇怪的是天气并没有下雨，而他们却都穿着颜色鲜亮的雨衣，并且戴着帽子。于是我也穿上了雨衣，向他们赶去。

　　莫名其妙的是，我的脚边有一个装着半盆水的塑料盆子，我一边踢盆子一边走，所以走不快。等到了马路中间时，忽然右边过来一辆疾驰的大车，我只好停在了路中央。车上的司机是个外国人，他受伤了，好像是脖子与肩部的结合处插着一根穿透了肩部的棍子，血迹很是刺眼。车子驶在我身边时停了下来，此时从我的左后方也驶过来一辆车，车上的司机也是个外国人，看样子他是来救助对面这位受伤司机的。果然不出我所料，那个受伤的司机不知什么时候已经上了左边这辆车，且斜着靠在这辆车司机的身上。这样的场景让我有点害怕，我立即抽身撤出马路，向后退着寻找躲藏的地方。那受伤司机的血迹非常刺眼，让我想到了恐怖的车祸……

　　好像是车上下来了人要追赶我似的，我急着躲避。此时，我一下子居然就从如今居住的小区附近，退到了数十年前儿童时代居住过的一个大院子里，一排排的平房是那样熟悉，其中前面几排之间本来畅通的路被堵上了，跑不过去。我一直退到了最后一排，恰好看到在一个车棚旁边有一个半地下的黑暗场所可以隐身，于是出溜下去。紧接着有汽车在上面的明亮处停下来，还有人来回跑着，我则趴在地上，屏住呼吸，注视着那一条白色的光亮处，但只能看到上面人们的小腿和脚。而他们看不到我，我躲藏在低洼的暗处……

释梦——

梦醒之后，我一上午断断续续地试图解读这个梦，但没有结果。就仿佛是我在费心为每一组意象寻找着语言的外衣，但始终找不到合适的尺寸或颜色。我想不明白，钓鱼、雨衣、水盆子、外国受伤司机、抢救者、躲避在儿童时代居住的排房大院里，这些意象之间有什么内在逻辑联系。但这又确实是一个奇怪的梦，我甚至想着就这样记录下来，而放弃解释，权当一个暂时无解的案例，留待日后慢慢琢磨。

但是，在吃午饭的时候，一个合乎情理的答案自己跳了出来，使一切荒诞的情节有了各自的归宿。由此看来，我潜意识中的那个"原始人"比我更有耐心，它慢慢地等待着我的首肯。

梦里出现的公园及发生恐惧一幕的公路，其方位、周边环境与现实中我居住小区附近的地理状况非常相似。我目前的居住地在太原市鱼池街，出小区往北两百米就到了龙潭公园南门，不过公园与鱼池街北出口之间隔着一条马路，叫旱西门街。如今大城市中公园是市民休闲的场所，其中的常客大都是些退休后的老人。然而，就在鱼池街通往公园南门必经的路段上没有明显的斑马线，也没有红绿灯。而旱西门街由此往西与往东的两个最近的红绿灯十字路口之间足足相距有一站半的距离，其中还有几个小巷与之衔接，所以往往是一拨车在绿灯亮了之后过来了，但还没有驶到公园南门，后面的一拨车又加速赶了上来，因此形成了车流不断的情况。而司机又没有谦让行人的习惯，一个个急着好像是赶飞机一般，越是看到路中间有行人就越是鸣笛加速抢道。这就苦了想穿越马路到公园的众多市民，他们就得在路边耐心等待着川流不息的车辆。好多人，包括为数不少的老年人等不及了，就在左边的车辆稍微少些或迟疑的时候，迈着急促的步子赶到马路中间去，但却往往又被右边的车流挡住了，无奈之下只好站在马路中间的黄双线中间——那个仅有一尺长短的危险地带等待。两边飞驰而过的车辆将他们夹在了中间，几乎是紧贴着他们的后背或胸前"刷刷"而过，使他们不得不呼吸着汽车尾气的同时，还饱尝了内心的高度紧张和恐惧。

　　我也是公园的常客，每当过马路时，常常耐不住等待没完没了的车流，也是眼瞅着左边车流略有迟疑的空当，便下意识地随了人流从间隙里逶迤穿越，可从右边而来的车流却往往不会与左边的车流恰好在一个时间段里都有空当，于是我也立即就上演了别人被夹在马路中间的一幕：身后的车流仿佛能掀起你的衣角来，我都不敢朝后面看；而面前车辆里的司机仿佛是机器人一般，目不斜视，毫不减速，没有表情的面孔"刷刷刷"地飞驰而过。那几分钟，让我后悔透了，也真是令人不寒而栗，真怕背后或身前的哪位司机"机器人"一个闪失，把我给撞飞了。我高高地举着右手臂不停地晃动，意思就是想让司机们看到我。

　　这条路不仅是看着危险，实际上也确实危险。有一天早上，一辆疾驰的车就在这条路上碾死了一个欲穿越马路去公园锻炼的女士，而肇事车主却逃逸了。死者家属将告示贴得满街边都是，希望有目击者给出来做个证。城市交通管理部门大概只顾了都市的脸面，而无暇顾及这个不起眼却非常危险的地方。

记得儿童时期，我随母亲去幼儿园的马路上就曾感到过恐惧。那段距离大概有两三站地，母亲用一辆竹子做的婴儿车推着我的妹妹，我则在后面跟着走。可是我边走边往后看，因为内心里有个奇怪的想法，总是担心从身后来的车会撞到我。二十世纪五十年代，太原市的马路大都是没有正规人行道的，行人与自行车都在马路边上走。身后的车子行进时自然会避开我前行，可是我仍感到了恐惧，因为我看不到后面，又知道身后有很多很多的车子在驶过来。

现在想来，儿童时的直觉是有道理的，设想一下，如果你走在自行车道或者是汽车道上，就算是没有对面而来的车，但背后而来的车撞击你的危险概率仍然是很大的。问题严重的是，我从儿童时代就在城市街道上所感到的恐惧，如今又被城市的街道衔接上了。

在梦里，天空并没有下雨，但那些走在我前面去公园的人却穿着色彩鲜艳的雨衣，还戴着帽子，这是一个奇怪的画面，他们是在防备着什么吗？是的，他们是在防备着危险。色彩鲜艳的雨衣与帽子，是在防备着从天而降的看不见的危险，而这个"危险"是暗指他们穿过街道时随时都可能遭遇不测的车祸。梦就是用如此幻觉般的意象，来表现此路段给我内心深处造成的恐怖感觉。色彩鲜艳的雨衣与帽子是一种什么语言符号呢？不就是企望穿越马路时给司机们一个醒目的警觉吗？就像我被夹在马路中间时高高举起的手臂一样。我走不快，抑或是我根本就无法走快，因为这里没有红绿灯，也没有斑马线，所以我踢着一盆子水在走，走走停停，左顾右盼。接下来，梦用了更为恐怖的画面来演示我潜意识曾经体验过的恐惧——一个外国司机的肩部在此地被木棍穿透了，鲜血醒目异常，另一个外国司机来救他。我竭力想摆脱这种危险，于是就在梦里逃跑，跑到了儿时居住过的一个大院子里，在最后一排找到了的一个黑暗之处隐身。而从如今逃跑到童年，这期间间隔三四十年，简直是逆着时光在飞遁。也许是我下意识地感觉，越是逆着时间隧道往后退，马路上的汽车就越少，从而也就越安全，事实也的确如此。然而，没想到这样的恐惧也来自童年的感觉，于是我仍然没有放松下来，而是躲在一个半掩体之下，紧张地注视着那一线光亮之处匆匆而过的脚和腿……

梦中受伤和救助的司机，或许与我在国外的见闻有关。在德国的都市或是小城镇里，即使你误闯了红灯走在斑马线上，往来的车辆会减速或停下来让你先走，若是你也停下来让车先过，此时的司机往往都会从车窗里伸出手臂来挥一挥示意，即便是警车也是如此。梦在这里选择了外国人，无非是潜意识发出的警觉，告诉我，即使有良好交通意识的外国人也无法适应这里的交通环境，何况你呢，请小心吧！

2010年1月16日
2020年3月修改

赏 析

文章从"梦境"的角度叙写，几乎看不出什么特别的地方，而且整个梦境的描述有如西方小说的意识流，初读基本如坠云海，不辨西东。再读似乎找到一点头绪。好像梦中写的是自己一次去钓鱼的经历，钓鱼只是作者一个叙述的引子，作者把叙述的重心放在路上的所见所闻所感，而这些见闻和感受也均是模糊和非连续的。道路上奇奇怪怪的穿着雨衣的人；路上受伤的司机，"脖子与肩部的结合处插着一根穿透肩部的棍子，血迹很是刺眼"；以及路上自己急匆匆赶路的心情。这样一些粗略的描写，也都是绘景式的简单勾勒，只是一个简单的呈示。其实想想，这也恰是我们每个人的梦境，朦胧而粗略。

其次，在释梦中，作者用第一人称叙述，这里的叙述更多是回忆式的叙述，把自己的生活经历、现实的都市生活与梦境做了有机的对接与解释，让我们突然发现作者的梦境其实就是现实的再现，现实片段式的再现。现实社会的人、车混行，疾驰的车，行路中的人，一派繁忙而杂乱，熙熙攘攘，车流不断。

接着又简单地记述了自己一次过马路的经历。在这个段落里，作者把自己定位在一个过马路的人，这样的角色定位就让人对过马路的心理、动作等的描述更有一种真实感。作者用艺术化的手法进行描述过马路人的心情和动作，一个"耐不住"前面加一个副词"常常"修饰，把人们过马路的急切心理刻画得淋漓尽致，这也是今天马路变宽、车流增多、车速加快的真实再现。一个"下意识"，其实写出了过路人的本能和深藏在人们内心深处的潜意识；而司机"仿佛是机器人一般，目不斜视，毫不减速，没有表情的面孔"。这样的状态，常常给人一种恐惧的阴影，作者用自己的笔触，真实地再现出来，既形象生动，又真实可感。而面对这种状况，我则是"后悔透了""不寒而栗"等有如转换的电影镜头一般，把我的心理活动融入其中，短短的叙事，既是梦境，何尝又不是再现的生活现实呢？读完全文，作者对都市交通问题的忧虑，对在交通中作为弱势群体的行人表现的同情，便跃然纸上。

（李学文）

饭票与募捐

梦境——

　　夜色昏暗，我好像并没有食欲，但还是匆忙地走进了单位的食堂。三十年前，我曾经在这个院子里工作过，院子与食堂内外都还是老样子。我拉开了抽屉，想从那里找几张饭票，但是没有找到。我问一位女同事借，她也没有，于是我转身走了出来……

　　这一转身，我又从三十年前回到了当下，走到了一个有着西式艺术风格的大门前，门里面似乎是公园，又好像是一所大学。门前是一片不算小的广场。

　　在大门左边立柱很高的地方，有一凸起的装饰物，好像是灯吧，一只大鸟站在上面，它扇一下翅翼，旁边的一个盒子就开合一次。这场景我在国外见过，好多旅游小城镇有这种景观。大鸟扇着翅翼让盒子打开，它在干什么呢？是为我寻找饭票吗？大概是这个意思。

　　广场上零散地站着一些外国游客，其中一位老太太用双手托着头巾，依次向其余的外国人走过去，大家都往她的头巾里放钱。我明白了，她是在请大家捐助。我离她有些距离，听不到她在说什么，但心里清楚，她是看到那只大鸟没有为我扇出吃饭用的饭票，故而为了我在募捐。她在空地上转了大半个圆弧，而后用头巾将钱包了，拎着钱向我走来。等她走近了，我并没有走上前去接着那一包鼓鼓囊囊的钱，因为觉得不好意思，内心里想着，如果真接了这钱就有点丢面子。而且还想，我并不需要这样的钱啊。

那外国老太太也怪，或许是看我没有接钱的意思，随即将那包钱放在了离我两三米远的水泥地上，转身走了。她的意思应该是不想让我感到尴尬。

释梦——

我几乎没有吃夜宵的习惯，也极少在睡梦中感到饥饿。我却做了这样一个奇怪的梦。梦里出现的那个单位及食堂，是我三十多年前工作的地方，在当时社会上按人头定量供给粮食的状态下，我们食堂的伙食还是相对不错的。我在梦中居然走到这里寻找饭票，这显然不合乎以往的现实情理。那"饭票"想必就是一个象征。

我从食堂里一转身，就从三十多年前跨越到了门外的今天，这个虚幻的蒙太奇画面应该是解释此梦的一条重要线索。门里是我职业生涯的开始，门外是我当今职业环境的呈现，二者的中间地带却完全省略模糊。梦境为何单单凸显了这两个看似毫不相关的场景，而又用一个"饭票"将其串联起来呢？

对我来说，中国的改革开放是一扇门，从门里一脚跨出来，可谓睁开眼睛看世界，且距之前的"孤陋寡闻"是渐行渐远。数年前，我认识了一位美国教师坎迪斯，她在中国旅游时收养了一名女婴，但等到孩子在美国会说话了，坎迪斯开始不安起来，她觉得孩子不会说中国话，也不知道亲生父母是谁，这对孩子不公平，应该给予这个孤儿更多的关爱。于是她从美国应聘到中国，带着她的中国养女，做了一名大学教师。她为了养女学中国话，为了让养女认识祖国，自己却付出了与亲人远隔一个太平洋的代价。每当她难以忍受思念远在美国亲人的孤独之苦时,她都要避开幼小的养女,常常跑到卫生间打开水龙头痛哭。坎迪斯是"二战"期间被美国人收养的孤儿,她在养父母的家中感受到了人间的爱,又把爱继续传递给人间。

在我工作的那所大学里,每到周六日,外教们会带着礼物去市郊的孤儿院看望孤儿,还与孤儿们玩游戏,久而久之,他们与那些孤儿成了好朋友。在节假日里,我常常看到有些外教,特别是一些年龄较大的女外教,在烈日下或寒风里,坐在一张简单的条桌后面为贫困学生募捐。

社会责任、人文情怀——这些都是我们应试教育的重要欠缺。而源远流长的中国教育的核心理念并非如此,教育是将人的德育放在首位的。流传两千多年的《大学》,开篇第一句即讲:大学之道,在明明德,在亲民,在止于至善。

差异,是对审美疲劳最具冲击力的东西,它一定会引起你注意的兴趣,并有可能储存在记忆深处。潜意识暗流,在现实中不会尽然释放,于是便在梦中以两个极具有象征意味的画面故事表现出来。我从参加工作到现在没有为温饱问题所累,却似乎缺失了什么,这种缺失是经过对比后幡然醒悟的。当我在二十世纪七十年代的食堂里每天顿顿吃饱喝足的时候,并没有想到身边同学或朋友的饥饿问题,也没有去为其他人的饥饿做点什么,比如说小小的募捐。更为惭愧的是,我当年在周日里看到邻家发小在端着碗吃高粱面面条时,甚至还有一种自我感觉良好的优越感。慈悲与责任是属于形而上的,梦用了"饭票"而不是食物来借代这一理念。潜意识是从数十年前开始流动的,直至"转身"涌到如今,无论是在学校还是工作单位,很遗憾,不仅我自己在起始的地带没有找到"饭票",而且好心的女同事也没有找到,周围的人也缺少这样的"饭票"。转身走出食堂,意味着仍然在寻找。

一直找到了今天，就在那所大学的门口，或者是众人聚集的公园门口，那只神奇的大鸟也仍然没有用翅翼扇出我需要的"饭票"来。

接下来的画面有趣了：一位外国老太太开始解下自己的头巾为我的"精神饭票"募捐。她与周边人的行为让我感动。这种画面对我的过去来讲并非司空见惯，而是非常新鲜的，所以它再次于梦中浮现。但是当她想递给我募捐来的钱时，我并不想要，内心想着，我并不需要钱，如果接受钱太丢面子，或曰有失尊严。梦中的我潜意识不需要这钱，还有我的拒绝充分证明，如今我已经明白了这个道理：这钱应该捐给更需要的人。

2010年1月15日
2020年3月修改

赏 析

在梦境里"想从那里找几张饭票，但是没有"。作者用平直的语言，把一个迷离的不连续的梦境叙述出来，而且作者在梦中跨越了三十年的时空，简单而独特。没有特别的情节，也没有人物和故事性，而是任笔触叙述，信马由缰。而后作者把视线定格在门前一个用双手托着头巾的老太太身上，她是在请大家捐助。后来我们知道她是为"我"募捐。她和我是什么关系？为什么为我募捐？为什么最后"我并没有走上前去接着那一包鼓囊囊的钱"？仅仅是"因为内心里觉得不好意思，而且想着，如果真接了这钱就有点丢面子。而且还想，我并不需要这样的钱啊。"等，一系列梦境耐人寻味，让人看不懂，摸不透。

直到释梦中，作者才做了一个不算清晰的解读。

在释梦中作者讲述了两个不连续的故事来印证梦境。一是美国教师坎迪斯的故事；一是我参加工作后对温饱问题的思考。这样两个无任何联系的故事，作者却巧妙地联系在一起，通过我们今天教育的缺陷——社会责任、全球责任意识、宗教般的慈悲情怀，把二者有机地联系起来，这个问题也正是今天教育的关键和核心。那就是我们培养什么人的问题，为谁培养的问题，怎样培养的问题。但好像作者从中国古人那里找到了答案。"慈悲与责任"在中国历史中并不欠缺。从某种程度上看，教育与佛的工作似乎又有某种类似，它是一份度人度己的事业。教育的根本是立人，教育的使命是引领成长；让每一个受教育者在熏陶渐染中慢慢建立起责任意识、人文情怀；让每一个受教育者在教育中不断成长，成长是生命痛苦拔节的过程，也就如饥饿的人需要食物一般，需要不断寻觅"精神饭票"，在这种寻觅中，不断修正自己、历练自己、成长自己，这种成长的痛苦在很大程度是心灵与精神的。

（李学文）

荒诞画面

梦境——

我似乎是从一个山上下来，走在一条有明显坡度的街道上，就像是走进了一个城镇。

我走进了一间办公室，它的环境却是一个锅炉房的样子，地上满是煤屑，墙壁基本是黑色的。可有人告诉我这就是我的办公地点，我很无奈。我突然发现这个地方以前来过，有似曾相识的感觉，或许是在过去的梦境里出现过吧。

我走了出来，又进了一座办公大楼，顺着楼梯往上走，到了某一层楼，走过电梯口前的过厅往里面走，那里应该是办公区。这里的场景也似曾相识，酷似我曾经工作过的场所。到了办公区，我傻眼了，眼前是一个足有篮球场大小的深坑，里面就好像是刚刚挖掘出来的夯地基的工地。深坑左前方的坑沿边比我这边高好多，就像一个土山崖，那上边居然密集地站立着一排黑褐色的猛禽，仿佛是鹰一类。我往右看，想找一个楼梯到楼上去，因为意识中楼上是我要去的地方，或者才是我寻找的办公所在地。但右边没有楼梯，仅有个缺口，我想通过那个缺口可以爬到楼上去，可缺口的上面居然爬满了令人作呕的苍蝇。

我侧身准备往回返，而且还想着这座大楼的另一端应该有楼梯，能够走到上一层去。而此楼的另一端需下至楼外面才能绕过去。但猛然间，对面高高的坑沿上有一只黑色的大鸟张开了翅翼，它的双爪蹬离坑沿后，收拢在腹下，并且直接向我飞来。它是黑雕，或者黑鹰。就在这家伙即将飞到我身上时，我伸出了左手臂，可能是试图将它挡住。它就落在了我的小手臂上，且收敛了两翼。我掂了掂，沉甸甸的，但我的心里好像没有太害怕，而是使劲地抖了抖手臂，将它驱赶而去。

此刻我感觉，对面方才站立这黑色猛禽的地方，比我站立的这边又高了一点。

我突然看到，深坑对面的路上过来几个人，他们在坑边向我抛出了一根绳子，当绳子荡至我身边时，我立刻紧紧地攥住。而后被他们使劲地一拉，我就悠荡了过去。落地后，我的双手仍然抓着绳子，但双脚已经站在一层平坦的楼板上。仔细一看，周围虽说不上是一个洁净豪华的大厅，但眼前已经没有了恐怖的画面。

而那个深坑及周围令人毛骨悚然的景象已经在我的身后，我若不转身就看不到它们……

释梦——

这个梦若要归类，应该属于恐怖类吧。早上起来我就想将其记录下来，但有些人在办公室等我出去办事，这一走就是一天，到了晚上才腾出时间记录。有些细节已经模糊了，但主要的情节还记得清楚。

这个梦境的首尾情节是模糊的，或者至少说，在我梦醒后是记不大清楚的，但上面叙述的这一场景在梦中却非常清楚，否则我也不会详细记录下来。凭我以往释梦的经验推断，这个梦境不会从记忆中很快消失。

就在我试图想着解释此梦的时候，突然就想到了梦境中那个可以爬到上一层的缺口及那上面爬满的黑黑的苍蝇。此外，就在我没起床的时候还想起一件事来。十多年前，一位女士到我家来串门，大概因为我没有为她办妥一件事情，故而借串门之际发发牢骚，抑或是想调侃我几句。她对我说："你看人家单位里的某某人，玩得多么转啊，上上下下的，不仅收买了人情，自己的大事小事也不误。"我知道她说的某某人是谁，就是单位里那些个不务正业却仕途混得不错的人。她是话里有话，言外之意是某某人比我混得好。我也就带着开玩笑的口吻回敬道："有时候，人若是不择手段，可以很容易达到目的。可是，这人的躯体，岂能从狗洞子里爬出。"她当然也知道我话里有话，于是沉默下来，不再滔滔不绝。

释梦前，上述两个冒出来的细节，简直就成了解释此梦的一把钥匙。梦境与我现实经历之间的关系开始缓缓对应。

十年前，一场精简行政机构、人员的改革全面展开。由于机构人员臃肿，国家不惜给予多种优惠待遇鼓励人们提前离职或退休。按照我的资历，当时希望借空出好多职位之际再上升一个台阶，但最终的结果是事与愿违。而此梦恰好是选择了形象的画面，呈现了我心灵感触的轨迹。梦里，我从山上下来，走进了一座城镇——这是自我一段职业生涯的凝缩。我曾经从事过极其艰苦的野外测量，其工作环境就是野外的大自然。走下山来，进入城镇，意味着野外测量生涯的结束，进入了城市的工作环境。

继而，我走进了一间简陋的办公室，连墙壁都是黑的，简直就像是一个锅炉房；我没有太反感它，反而觉得似曾相识。这里或许是一个对比，即较我以往艰苦的野外测量环境还是要好一点。而后，我就要到楼上去。这些形象有寓意蕴含其中，意思是我进入城市后，工作环境逐步变好，职位也在不断提升。我往楼上去的时候并没有乘电梯，虽然我看到有电梯，却从它旁边走过，这仿佛是自己曾经在这座楼里职业生涯的镜头回放，即一步一个脚印地走上去，而非凭借了关系"电梯"轻而易举地上升。

谁不想不断地提升呢？每每遇到机会，我当然也想着努一把力。但现实是严酷的，职场不是运动场，变数太多，结局往往让人大跌眼镜。梦境的画面耐人寻味，若是从那个"缺口"处稍微使点劲，是可以爬到楼上面去的，但缺口处爬满了黑色的苍蝇，令我作呕，也就是说那是一条丧失尊严才能穿过的通道。爬这样的通道有悖于我的秉性，我即刻就选择了侧身离开。当时，我想到了下楼去，变换一个上楼的途径，抑或从大楼的另一端走楼梯上去。

梦中大坑对面的上边缘处与坑底形成了一个绝壁，而且比我站立的地方要高出好多，我需仰视才能看到那边缘上的景象。这是象征，意即若上到高一级的层次是有危险的。果不其然，梦境随即递进了又一个特写镜头：那只特大黑色猛禽向我飞来。其实，它之所以向我飞来示威，是对我不选择那个肮脏的"缺口"而感到恼怒。我的侧身离去行为是对潜规则的叛逆。我伸出了手臂，挡住了它企图扑在我身上的冲击。但面对这个凶猛的家伙，我在梦里居然没有感到害怕。我使劲地抖了抖手臂，它就飞走了。抖手臂相当于勇敢的博弈。我也说不清楚这尊严的底线究竟来自何处，而阅人无数的头儿当然会从你不卑不亢的言行中读出不恭敬来。倘若你现实中有恐惧，那一定会带入梦中。如果现实中你有胆量维护了尊严，那就不会惧怕噩梦。

梦境中的我为何紧紧抓着被人抛过来绳子，飞荡到了一个新的"楼层"呢？我不甘心啊，被压抑在潜意识深处中的愿望不仅没有死掉，而且生命力更为强悍。我仍然渴望着在更高的一个层级上实现人生的价值。"愿望达成"了，我被友人们帮助，抓着绳子飞过了深深的大坑。这仍然是个象征画面，但它必定来自现实。

我正一步一步地往前走着,背后就是那个荒诞的世界。但梦境提示,要我将它记录下来。

2010年10月28日
2020年3月修改

赏析

在梦里作者来到一间办公室,这里满地煤屑,墙是黑色的,犹如锅炉房一般。而后又来到一所办公区域,这里有篮球场大小,如工地,有一深坑,"上边居然密集地站立着一排黑褐色的猛禽,仿佛是鹰一类",这里的楼上是梦中想要去的地方,"没有楼梯,仅有个缺口,我想通过那个缺口可以爬到楼上去,可缺口的上面居然爬满了令人作呕的苍蝇"。

这是一个怎样的梦境?作者通过这样一个奇异的梦,不露神色地给我们展示了一个深刻的人生命题,用冷静平和的述说,用特定意义的物来表现职场中的各色人等和某种"潜规则",如"令我作呕的苍蝇"以及耐人寻味的画面。

语言朴实自然、天然丰厚、富有个性和美感,除了其情感和意境之外,还得力于其承载情感和意蕴以及平直语言背后揭示的生活另一面。记得著名作家王安忆有"总是最最平凡的字眼,合成最最平凡的句子"呈现最最惊人的画面。让每一个读者读来细细思考我们的生活,原来是我们每个人都曾有过这样的生活经历,以及生活对我们人格的考验。但作者也用"有悖于我的秉性""我就选择了侧身离开"等表明了自己的选择。一个高傲的人,一个有人格道德底线的人,他不肯迁就，不肯趋附权势，真正践行了"富贵不能淫，贫贱不能移，威武不能屈"。

其次，梦中对面的上边缘处与坑底形成了一个绝壁，这个"绝壁"就是一个象征。各样的潜规则，危害和腐蚀着我们社会的肌体，破坏着社会的正常秩序。梦中作者对这样那样的潜规则，用批判的态度以及"对权力不屑一顾的大不敬"做了有力地回击。我们从字里行间看到一个有良知的知识分子，对社会的各种歪风邪气的揭露和斗争，使得文章不再是简单的梦境的描述和呈现，而是在另一层面上有了更高一层的现实意义。

（李学文）

青铜器上古怪的字

梦里的情节不会无故出现，但凡出现，必有缘由。我在脑子里一件件地过滤着与他交往的事情，其中的一件事没有溜过去，并渐渐地浮现出来，仿佛被梦里的这个情景所吸附一般。

梦境——

在一大厅内，我正在从一群人身边走过时被同事Z喊住，他喊的是我的名字。我似乎不大愿意停下来与他交谈，但他执意要对我说点什么神秘的事。他告诉我，自己写了一个字让那群人猜测，但没有人能够认识。说着，他就将这个字写在纸上让我看，字迹非常清楚，我觉得好像见过这个字，但念不出来，也不知其含义。该字是提手旁。见我猜不出这个古怪的字，Z显露出一副得意的神情来。

他又神秘兮兮地拿出一件足有半米高的青铜器给我看，那个古怪的字也刻在这件器物上的。我端着它，上下左右仔细端详，好像是下半部分大，上半部分小，呈葫芦形状。我想着这是件有些年代的古董了，但无从辨认它属于哪个年代。

观赏完这件青铜器后，我对另外一个人说：这件东西真是制作精美，花纹也非常漂亮。请你帮我问问，看是否能卖……

释梦——

该梦再往后肯定还有内容，但细节记不清了。我半夜里起身方便时脑子里一片空白，但躺下来准备再睡时，这个梦显现了出来，而且还想起了梦里那个古怪的字，当时我心想着这下就不会忘记了。但早上起床后，那个字就在记忆中变得不大确定，不一会儿就只剩下了个模糊轮廓。

为了避免忘却梦的细节，我已经养成了在梦醒之后不时地回忆它的习惯，就好像是学生在反复地写生字一样，这使得我有可能多记一些梦里的情节。

梦里的这位曾经的同事与我交往十多年，故事颇多。我们经常一起到县里出差，被接待喝酒是免不了的事情，但在未开喝之前，他会一丁点儿都不带犹豫地说自己不会喝酒，那口吻好像压根儿就滴酒不沾似的。可一旦开喝，只需一杯酒下肚就原形毕露，一杯接一杯地与东道主干起来，还满嘴的俏皮话。当人家敬酒时，他会说恭敬不如从命；当他反敬对方时，就说反客为主；当他又拿酒敬同桌的其他人时，就说借花献佛，一看就是个酒场老手。而这又与他酒前的表态形成极大的反差，常常让在场的我感到难堪。我心里想，人家县里人嘴上不说，内心里还不知道怎么样嘲笑省城来的人呢。

言归正传，Z在日积月累的磨炼之中竟也锻炼得成熟起来，最突出的是胆量和不易为人所察觉的大话。

但这个梦在说什么呢？毕竟在现实中没有发生过他拿着一件硕大的青铜器给我看的事实。可梦里的情节不会无故出现，但凡出现，必有缘由。我在脑子里一件件地过滤着与他交往的事情，其中的一件事没有溜过去，并渐渐地浮现出来，仿佛被梦里的这个情景所吸附一般。这件事,他得意地向我炫耀过多次,尽管我早有耳闻,但还是每次都耐着性子听他讲一遍。大约是二十世纪末,单位原分配给职工的公有福利住房开始出售,但规定夫妻双方只能享受一套。买房时,夫妻双方不在同一单位的,必须各自出具证明,并需要外出调查。当年我所在单位恰好盖了几栋楼房,也准备一并先分配后卖给单位的无房户。他的老婆在别的单位分有福利住房一套,所以他在我们单位长期以来没有分到过住房。当我们单位的新房即将分配时,他突然从老婆单位开来了一张证明,证明他现住的房属于危房,并很快将要拆除。我们单位办公室的头儿对此类证明见得多了,当然不会轻易相信爱说大话的Z,并对此危房证明持怀疑态度,还明确告知他抽时间将去现场看看危房的情况。

Z精明地选择了年终时机,就在主任为总结汇报忙得焦头烂额之时,他态度诚恳且坚决地邀请主任去他家所在那座危楼看看。那天中午,他先将主任拉到酒店喝了个半醉,酒足饭饱之后,坐在主任的车上带路。当车开到了他居住房子的附近,他打开车窗指着一栋刚刚被拆除了三分之一的旧楼说:"主任,你看,我住的危楼已经拆除一半了!我现在搬到老丈人家住着呢。"说着还下了车,装着要带路去危楼中位于四层的自己家看看。主任通过车窗探着头往外看了看,说:"噢?那还看什么,打道回府吧!"

之后,Z又趁热打铁,终于分到了一套新房。然而,滑稽的是他原先居住的那套住房根本就不是危楼,也没有拆除,那天拉着主任在其居住地附近指认的是另外一栋。他撒了个弥天大谎。

他先分后买的那套新房离单位较远,自己不住自然不会闲着,就悄然租了出去。至于公有住房卖出之后办理房产证的手续问题,官僚机构一拖就是八九年过去了。久而久之也就不了了之。有了多余住房、房租积累、房价飞涨等，使他有了一笔相对于一般工薪族来讲不菲的原始积累。十多年之后，他的那套所谓的危房在房地产开发商手里又换得一套新居。

我们单位职工住房属于全国同行业省级单位最低水平，说起住房，大家都有一肚子的火。所以，当Z每每向我得意地炫耀他蒙哄主任的传奇故事时，我本能地有些反感，但内心里却对他所获得的那套新房子满是羡慕——这应该就是解开此梦之谜的钥匙。

梦中，他给我看并向我炫耀的那个字，周围的一群人不认识，我也不解其意。这个只有他自己认识的字是个暗示，说明在我意识中这小子算是个滑头。他常常不按规矩出牌，说话办事也往往比较离谱，在比较谨慎且讲规矩的机关里就怕这号主，因为你踩不到他的步点儿。

梦中，他手中那件硕大的青铜器是有些年代了，且制作精美，令我羡慕，我甚至想通过他人询问，看能否买下它。青铜器其实是个值钱的象征物，是Z常向我夸耀的所骗新房的借代。十多年过去了，也算是一段历史吧，但充其量也就是Z的新房变成了旧房，断然称不上"古董"，因此梦中的我虽然反复端详，但也还是无法断定那个青铜器是属于哪个时期的物件。

更为奇怪的是，只有Z自己才能够认识的那个特殊的字也刻在青铜器上。由此推理，我不能够解释青铜器上的字，自然也就无法破解这件青铜器的全部秘密所在。这个世界的猫腻实在是比我们的想象还要复杂。

2010年2月21日
2020年3月修改

赏析

弗洛伊德说："梦是一种愿望的达成，它可以算是一种清醒状态精神活动的延续。梦，并不是空穴来风，不是无意义的，不是荒诞的……它完全是有意义的精神现象。"

就像梦境中的那个无从考证年代的青铜器，那个无法辨识含义的青铜器上的字，虽然看起来有点荒诞，甚至有点让人厌烦和懊恼，但"我"骨子里却有急于想破解、想得到它的冲动。这可能就是"我"在现实世界里无法达到愿望的一种精神延续。果然，作者在"释梦"中将现实的来龙去脉娓娓道来：社会变革时期，一套价格不菲的新房，成为许多工薪阶层可望而不可即的原始资本积累。"我"讨厌乙的口是心非，弄虚作假，投机钻营，但潜意识里又"对他所获得的那套新房子满是羡慕"。意识与潜意识的纠结，道德与非道德的矛盾，终于以一篇"青铜器上古怪的字"展示在读者面前。

一般情况下，单纯地讲述梦境，会令文章显得空洞费解。但如果能勾勒出人的隐私和内心的秘密，就会吸引更多好奇的眼神。所以作者在简单叙述梦境之后，就开始了一段漫长而细腻的心路历程：从出差喝酒，到争夺房产；从为之"感到难堪"，到"心存羡慕"。当然，如果此文仅仅停留在这里，耍些哗众取宠、窥探隐私的雕虫小技，充其量只能算得上博人眼球的八卦小文。但请你仔细读这些内容：

"在日积月累的磨炼之中竟也锻炼得成熟起来，最突出的是胆量和不易为人所察觉的大话。"

"当乙每每向我得意地炫耀他蒙哄主任的传奇故事时，我本能地有些反感，但内心里却对他所获得的那套新房子满是羡慕。"

"在比较谨慎且讲规矩的机关里就怕这号主，因为你踩不到他的步点儿。"

"这个世界的猫腻实在是比我们的想象还要复杂。"

你会发现，文中始终贯穿着一种隐隐的激愤：为什么办事离谱的"在比较谨慎且讲规矩的机关里"却成了赢家？这究竟是人生的误会，还是社会的伤痛？谁能给作者一个满意的答复呢？

（李学文）

裸体与发怒

梦境——

我站在一个陌生的小院里，地面淌着水，周遭环境显得很是凌乱。我穿了件大号T恤遮着下身，而后走进了一间屋子，此刻的我心里清楚自己没穿内裤，因而担心有女士来了不好看，内心便有些忐忑不安。不一会儿，我又走到了院子里，不巧果然有位女士来了，面孔是陌生且不大清晰的。她还就真的瞅了一眼我T恤的下部，尽管没有一直盯着，也让我有些不好意思起来。我略微低了头向T恤的下部看了看，好在大号T恤刚好成了遮羞布。但毕竟有女士站在面前了，我匆忙又走进了院侧一间小屋。

我进屋后关了门，费力地将插销插上，但插销上有几处缺螺丝，因此插得很不牢固。屋子太小了，转身就是一个小床。我就在一堆衣物里翻找，终于翻到了一条内裤，于是将双腿翘起来穿，可内裤太紧。正当我穿半中间吃力地往上拉时，不巧有人门也不敲就要推门进来，而且越来越使劲地推，简直就是没礼貌，不，是野蛮了。我终于穿好了内裤，开了门往外看，但门口的推门人不知去向，倒是院内的阳光下有人在忙碌，其中也有女士。我不能确定在我穿内裤时使劲推门的人就在院内的那些人当中。

我的无名火莫名其妙地蹿上来了，随手将屋里的一些铁桶、瓶子之类朝院子里的那些人扔了过去，只听得那些东西着地时乒乒乓乓一阵乱响……

释梦——

引起我关注此梦并想释梦的原因，是我为什么居然没有穿内裤就出现在一个陌生院落里，而且还与一些陌生人发生了冲突。

2010年春天的某日，也就是做此梦的一周前，我去北京参加一个会议。当到达市内一家快捷酒店时，已是午夜时分。我都睡着了，屋内又来了一位参会的，从上海来，是建筑景观设计师，三十来岁，头发留得很是新潮，背后看像女士。他老家在山东，体态肥胖，脸盘子很宽，俨然一位壮汉形象。熄灯之后没说三句话，他就呼噜声作响了。

而我换了新地方入睡总是困难，也不知什么时候才进入了梦境。就在我睡得最深沉的时候，被窗外隐隐的雷声震醒，那个难受，就仿佛是有根绳子拽着把你一点点地从床上拉起来。我打开床头灯一看，才凌晨3点20分，仔细听听，那窗外的雷声仍在时断时续地隆隆作响。

早上还要乘车赶到郊区密云开会呢，我暗示自己必须再睡一会儿，于是一次次地深呼吸，将双手放在小腹之上，一遍遍地默数手指头。终于又进入似睡非睡的状态了，但雷声仍然在频繁地响，又一次把我从梦境中拖了出来。我下了床，将厚厚的窗帘轻轻地拉开一条间隙朝外看，天已经蒙蒙亮了，但立刻就看到了奇怪的景象，因为外面并没有下雨。那雷声是怎么回事呢？我打开窗户，雷声从下面传了上来。我住在十二层，探出头去一看，地面上停着一辆大货车，工人们正在卸着几平方米见方的铁皮包装物。原来那"雷声"就是沉重的铁皮包装物从货车上被推着卸下而发出的。想想好好的睡眠居然被这些毫不顾忌别人死活的家伙给搅了，火气就直冲脑门。回头看，设计师睡得正好，粗壮的腿部裸露在被子外面，正发出叫人羡慕的呼噜声。

我稍稍犹豫了片刻，但还是无法控制自己，就披了衬衣，将头再次探出窗外对着货车上的那些人喊了起来："喂！你们还让不让人睡觉了？啊？赶快停止！否则我就要报警了！"

连喊几次，本以为他们会收敛一些，或者就停止了等天大亮再干。没想到人家根本就不理我的碴儿，照样轰轰隆隆地打着"雷声"。我有些失态，意识被情绪控制，在屋里搜寻起东西来，想找到一些最好是啤酒瓶一类的东西。可气的是，屋内可扔的东西一件也没有找到。电茶壶、茶杯可以扔，但那是要赔钱的。情急之下，我拿起电话就拨了110，对方态度蛮好，认真听我叙述。我说："这是北京啊！就是县城也没有这种现象。谁家半夜卸铁皮包搅扰别人睡觉呢？"值班警官训练有素，用"公仆"口吻问得很是具体："他们现在还在卸吗？地点？酒店在哪个方位？您的联系方式？好的，我们马上就到！"

挂了电话，我就探头看看楼下，心想着一会儿警车就来了，兴许还能听到解气的警笛声呢。这帮为了赚钱而不让别人睡觉的家伙，有你们好看。但警车就是迟迟不来，眼看着货车上的铁皮包装物就要卸完，老板都在给司机点钱了。末了，巨型货车似乎带着得意的轰响驶离了院子。可警车始终没有出现。回头看时，设计师已经坐在床上，他看着我笑笑说："您没有睡好？"

"楼下货车从凌晨3点半就开始卸货，我以为是打雷下雨呢。"

"您报警了？"他仍然微笑着问。

我脑中突然闪过一个念头，这位设计师会不会笑我这点儿事情也沉不住气呀。于是稍微迟疑了一下，但还是说了："是的。我报了警。他们答应马上来，但现在也没见。这是北京啊！我这人神经衰弱，换了地方就睡不好。刚才真想扔个酒瓶子下去。"

设计师睡好了，没有什么牢骚。我俩对话时，他除了下身的一件裤头，全身赤裸着坐在床头，我也是一件裤头，身上披了件衬衣。由于我没有找到可以扔出去的酒瓶之类的东西，而且警车也没有来，所以没睡好觉的怨气就憋在了肚子里，这股火没有发泄出来，暂且被压抑在内心。当日一早就赶着去开会，此事也就忘在脑后。不过，当着同屋里设计师的面裸着身子发怒的样子，事后想起来总有些不好意思。

一周之后，以上的经历在梦境中变形出现了，被压抑在意识深处的那股怨气终于释放而出。陌生的小院子其实就是旅馆，旅馆大都是陌生的。虽然那位女士盯着看我的T恤下部让我有些难堪，但没穿内裤那是我的私事，我进屋关了门也没碍着谁呀。但那个"推门"的强度太大了，太野蛮了，我安静的狭小空间被干扰、威胁，连穿内裤的一点空当都不得安宁。或者说推门的强度令我无法再坚持内心的修养，我在梦中再一次被干扰忽视，梦中被伤害的思绪与一周前在北京旅馆内的感触相互碰撞，强化了那个潜伏的压缩情结。本来就受到委屈的"本我"顾及不了那么多了，将铁桶、瓶子之类的东西痛痛快快地扔了出去，扔给了那些可能是野蛮地推我门的人。

我相当于是找到了一条畅快的"泄洪道"。一周前在北京旅店想做而没有做到的，梦境给了我一个补偿，它调节了我的情绪，解开了我的情结。梦里的女士与内裤具有象征意义，暗喻"自我"对"本我"失态般的发怒所表达的提示：别太过火儿，否则就很难堪了！

如此想来，梦境于我的心理健康益处多多。反正我在梦里怎么失态也不会影响了别人或环境，而只是平衡了我的心理。解释这个梦对于我来讲就像心理学家所说，相当于是做了一次心理健康体操。

2010年4月30日
2020年3月修改

赏析

亲爱的你，有没有一股怨气，被压抑在内心，好久得不到发泄？有没有一种情结，潜伏在一隅，从来没有显露于人？

今天，在这里，我们找到了一条畅快的"泄洪道"，那就是一个与裸体有关的梦境，或者再说得形象些——女士与内裤。但"自我"向"本我"发出了警告：过分地表达，会让你更难堪。

文中的梦境看似荒谬至极：陌生的小院、陌生的女士，还有尴尬的"我"。当隐私被"冒犯"之后，"我"歇斯底里地想乱扔铁桶、瓶子以泄愤。但读到"释梦"，我们才恍然大悟：原来"我"曾经在北京因为被市区半夜的卸车噪音骚扰，报警未果，无奈之下，当着同屋人的面裸着身子发怒。潜意识里的无助、委屈、愤怒和愤怒暴露之后的尴尬，统统都以"梦境"的形式展示出来。猛一看，作者叙述的笔调像极了一个意识流小说家，即便再现现实的时候，依然给读者一种恍如隔世的感觉。我们不妨摘录下来，随作者的文字去流动一番：午夜时分，我都睡着了……他就呼噜声作响了……睡得最深沉的时候，被窗外隐隐的雷声震醒……又进入似睡非睡的状态……天已经蒙蒙亮，打开窗户，铁皮包装物从货车上被推着卸下……火气直冲脑门，无法控制自己，喊了起来……失态，意识被情绪控制，搜寻起东西……情急之下，拨了110……警车始终没有出现……感觉被同屋嘲笑，为自己的不能自控不好意思。

但如果认真阅读这些详细的分析，你会得到完全不一样的结论：作者理性而且善于进行逻辑性很强的推理。"陌生的小院子其实就是旅馆，旅馆大都是陌生的""梦中被伤害的思绪与一周前在北京旅馆内的感触相互碰撞，强化了那个潜伏的压缩情结""一周前在北京旅店想做而没有做到的，梦境给了我一个补偿，它调节了我的情绪，解开了我的情结"。

所以作者的意识流仅仅是一种艺术表现方式，而不会像伍尔夫那样，成为精神崩溃的前兆。正如结尾所言：梦境于我的心理健康益处多多。解释这个梦对于我来讲就像心理学家所说，相当于是做了一次心理健康体操。

（李学文）

如何驾驭"绿色的吉普车"

梦境——

地点是深圳,我在儿子的房间里。屋内有几个朋友,儿子却不在身边,而且这些朋友的面孔也都是模糊不清的。突然来了一位太原的邻居,他的出现让我感到有些纳闷,因为他并没有亲人在深圳,而且平时的生活状况不富裕,到深圳来旅游也不大可能啊。

不仅如此,我要回太原了,这位兀然冒出的邻居还委托我到他的家看看,好像是帮他照顾一下房子的事情。

我回到太原后,就到他家的房子去,答应了人家的事不能不办。房子外表很旧,门也没有关好。我明白这就是他托我要关照的事情了。接下来,我是做了些什么……

我站在一个大的停车场上,好像是公交车站,准备乘车出远门了。我自己的车也在停车场,可我不计划开自己的车跑长途,所以就寻找停车的地方。右边远处有一片土质的空地,空地边上就是小山坡。我的车是一辆绿色越野吉普,车上还有几个人,面孔模糊,我也没有注意他们是谁。我发动了吉普,驶向右边那片土质的空地,准备将车停在那里。空地距我大约百米的距离,行驶的时候还能够瞥见绿色吉普车的车身,我内心里很是得意这辆车。

眨眼间车就到了,我选择了一个车位停下,周围也没有车。但车头前面突然变成了一个陡坡，我又往上开了一下，而后刹车。此时车失控了，倒着往下滑，我瞬间恐慌起来，心想着刹车有问题了。低头看了一下，发现脚踏刹车板与油门踏板离得很近，于是立刻就将右脚使劲地踏在刹车板上。令人着急的是，车继续往后滑行。我看不到后面的情况，车内及车外的后视镜方向都不对，内心的恐慌可想而知。

然而，同车上的几位朋友都莫名其妙地默不作声。幸运的是车后面令人恐惧的撞击声始终没有出现。车终于缓缓地停下来了，但是我清楚这不是由于刹车的作用，而是车滑到了比较平坦的地方。稳了稳神之后，鬼晓得我怎么又大胆地启动了车。此时的我不会朝高处开了，或许是觉得虽然刹车不大灵光了，但慢慢地往前开应该是没有问题的，所以就继续寻找合适的停车点。

没料到车前方情况的瞬间变化，让我脑袋里一片空白，只觉得车子在一阵轰响之中先是极度倾斜，而后是剧烈震荡，还没醒过神来，就咣当一声落在了地上。视野与理智判断瞬间融合，我清醒地意识到，车子刚刚从一条一米多高的陡坎上颠了下来。心里一惊，想着车子肯定是瘫痪掉了，说不准还会冒出烟来。出乎意料的是，车子抖了抖，就像是一名拳击运动员被重重打击之后，摇了摇头，活动了活动脖子与身体一样。令人惊喜的是，它没有熄火，仍然在正常地轰鸣着，方才感到散了架一般的车身甚至包括看不到的内部构件，都在这奇妙的抖动之中弹簧般地一一复位。

又是一个有惊无险的画面。我启动了车往前走，不是很快，但比较平稳。

我似乎已经忘记了是来寻找停车点的，也忘记了要去乘大巴远行这档子事，就开着自己的绿色吉普车往前走。往哪里开呢？左边是车子刚刚越下来的陡坎，而前面的路很长。

车子就这样一直向前走去……

释梦——

　　这个梦比较杂乱，醒来后，有些人物的面孔、姓名就像眼看着褪色的相片一样渐渐地模糊起来。可有的细节却不仅清楚地留下了记忆，而且似乎还诱惑我去思考，琢磨其背后的隐意。

　　梦的开始，我在几千里之外的深圳，在儿子那里。或许说明我在想着儿子，这倒也是人之常情，不足为怪。但一个太原邻居的出现让我有些纳闷，因为倘若在现实中，这位邻居出现在深圳我儿子家里的概率几乎等于零。梦之所以让他出现，抑或是另一个我的替代，无非是暗示我内心存在的另一种愿望，即想着儿子离我太远，不如调到离家近点的地方工作为好。梦为何要选这位邻居替代我呢？因为邻居的儿子就在太原工作，他们全家每周都可以团聚，这一点常常让我非常羡慕。

　　既然儿子离我如此遥远，我就有了一种可以预期的责任，就是将来仍然需要不断地往深圳飞。比如他成家了，有孩子了，在困难的时候，我岂不是需要常常远行去帮助他吗？于是梦中就又出现了我跑到一个长途车站的场景。

　　在日常生活中我会自己驾车代步，驾龄也有十大几年了。我也曾在相对长的一段时间内驾驶过一辆越野型吉普车。在这个梦里，绿色的吉普车无疑是印象最深刻的一个道具，它刹车失灵，使我高度恐慌，又从一米多高的陡坎上冒险颠了下去，散了骨架，而后又奇迹般地恢复原状，继续前行。这些颇为惊险的画面，向我传递着怎么样的信息呢？

　　直觉告诉我，如何驾驭这辆绿色的越野吉普车是整个梦境的重中之重，弄明白了它就等于解开了此梦的秘密。我一件一件地过滤着近来所经历的事情以及触动我心灵的重要感受，时而在床上，时而在散步时，时而在饭桌上。最终，我基本断定梦中的绿色吉普车就是本人身体状况的一个象征，因为这样既符合梦中意象的象征意义，也使整个梦境的迷雾豁然消散。

  2003年夏天，我在东方大学城紧张地写一本书。之前与出版社签了合同，约定2004年初交稿。当时压力是有的，那就是时间的压力。我的生活规律彻底改变，写作的时间多，活动的时间少，那时一天要写七八千字。书写完了，也按时出版了。可2004年夏天，我到医院体检的结果让我大吃一惊，空腹血糖7.6，远远超出了6.0的规定标准；采血时，医生说我的血液黏稠度是乳糜状，血脂超出了标准极限。我以往的身体状况一直很好，我喜好运动，曾做过野外测量员，崇尚"文明其精神，野蛮其体魄"，而这个突如其来的体检结果还真是让我有点儿紧张。在这之前，我几乎没有体检的习惯，对身体健康指标也没有系统常识。一向马马虎虎的我，此刻变得胆小起来。医生让我再一次采血做糖耐量测试，也就是测试胰岛素释放效果，当护士将针头扎入我手臂的血管时，不知为何迟迟出不来血，换了地方仍然不行。刹那间，我开始胡乱联想，前一次的采血结果起了心理暗示作用。随之额头冷汗渗出，等护士拔了针，我脸色苍白，出现了晕针症状。

  通过系统检查，结论为：血糖异常，伴随高甘油三酯血症。医生告诫我说："虽然现在还不能为你带上糖尿病的帽子，但你已经在正常人与糖尿病人之间，搞不好就会"滑到"（这个词一定在我的大脑里留下了深深的印记）糖尿病的圈子里去。"这一次对我是个警诫与教训。我按时吃药，查看有关知识，能步行时不坐车，有机会也会游泳散步等，并有意识地戒了酒。大约一个月之后，血糖控制正常了，只是甘油三酯很难降。于是我慢慢地放松了警惕，停了药，又解放了嘴巴的欲望，参加聚会，喝酒吃肉不大禁忌。

万幸的是我没有扔掉定期体检的习惯，体检结果中空腹血糖超标的红色标记始终提醒着我，让我不断地纠正不良生活习惯。我有时会去找熟悉的大夫，询问一些医学上的问题，比如什么是空腹血糖受损。有位大夫形象地比喻说，人家正常的胰岛功能干起活来就好比是好马拉快车，而你的胰岛功能太疲劳了，还要拉重车，所以就要吃药加点劲。久而久之，我已经能够较好地理解大夫的好多医学术语，沟通起来比较顺畅。大夫有时也夸我说："你是我遇到的最认真的病人了。我给你说实话，就是我家里的那些亲戚们，有的病情比你严重多了，但我给他们讲，人家就是不重视。我也不能老讲，否则人家会认为你有职业病。"

其实，坚持吃药加锻炼并不困难，难的是当你日复一日地坚持并达到正常标准之后，仍然能克服懒惰，控制欲望，持续把维护健康的目标发扬光大。如果检查指标也就是比标准高一些，又没有典型的"三多一少"症状，谁愿意长期吃药啊，是药三分毒嘛。再说周围同龄人患有此病的也多了起来，于是不自觉地就麻痹了。紧张的工作、频繁的应酬乘虚而入，再一次又包围了我。

几个月前的一个晚上，由于天气热，我睡在地板上。黎明时被蚊子"骚扰"，于是急速起身拿拍子，还伸直了手臂、仰着头在天花板处拍打，但等我再次躺下来时浑身冒虚汗、心慌，且有眩晕感，连天花板都晃动起来，像地震的感觉一样。由于自我感觉症状严重，当日上午就赶到一家三甲医院看了专家门诊。这一次遇到的专家脾气不大好，他板着面孔，让我做了个全面检查，而后拿着检查结果站了起来，在地上一边走一边就像老师训斥学生一般对我高声说："我告诉你，你信不信？你一定会'滑到'（又一次用到了这个敏感词）糖尿病的圈子里去，这个帽子你非戴上不行！你不信，以后找我来！"

"我六年前就被大夫确诊为血糖异常，吃药也是断断续续的，但是目前的指标也没有'滑到'（我也不自觉地使用了这个词）糖尿病嘛。怎么就非得戴上糖尿病的帽子不可呢？"我不服气地辩解了一句。

"我说你'滑到'就一定会'滑到'。你是干这个的还是我是干这个的？告诉你，你们病人们一万个里有百分之九十九的不会严格按照医生的嘱咐去做。断断续续，吃吃停停，所以就'滑下去了'。你记住我这句话！"

我也想大声发火来着，但一想到也许脾气大的大夫还真有水平，也就罢了。医生再次开了药，我又吃了起来，按时检测，还有意识地锻炼身体，于是血糖异常与我倒也相安无事，我和这个"敌人"和平共处。不好意思地说，这个习惯还真是不好日日坚持，身体感觉不错后就会淡忘了危险。真不知道那些顿顿饭前打胰岛素的人是如何坚持的。

最近三个月来，我减掉了一种药，剩下的也由每日服用变成了隔日服。酒席上再一次地开怀痛饮起来。就在三周之前，我被朋友拉到了汾酒厂，老同学新朋友的场面，实难绷着不喝，汾酒、竹叶青又是名不虚传的好酒，诱惑难挡，一喝就过量。没想到酒后仅两天就接到单位体检通知。这一次体检结果，特意标注的红色不正常指标又多了几项，而且空腹血糖已经超过了糖尿病标准。上网一查，说只要发现这样的情况，再测一次同样超标的话就可断定为糖尿病。本以为自己控制得不错，最多是个"边缘分子"，戴不上糖尿病的帽子。可这次有点悬，于是翻出以往体检档案一一对照，结果发现这一次检查的空腹血糖及甘油三酯数值为六年来最高水平。

近日，糖尿病这顶无形的帽子飘浮在我的头顶，萦绕脑际，挥之不去。不过也想到或许这次化验结果与近期喝酒有关，是一种假象。我便将隔日用药变成了每日用药，也不再一天到晚坐在电脑跟前忙，晚饭之后强制自己去散步。昨晚睡前，自我采血检验了血糖，哇，比早晨空腹血糖的标准还要低，自然情绪有所改观。

为何说梦中绿色吉普就是我身体的象征呢？绿色象征着蓬勃的生命，而越野型吉普则意味着极强的环境适应能力，这些特征与我从前的身体状况与经历比较吻合。我上中学时为校篮球队与田径队主力队员，上大学时获得过跳远冠军；做过野外测量员，那时除了吃饭，可以从早上不停地走到晚上，可以一连几个星期在大山里转悠。这些经历给了我自信，给了我强健的体魄。

在梦里，我就要在某个车站出发远行了，这里的远行可能寓意未来的人生之路。可为何不开自己的爱车，而要去乘拥挤的公车呢？因为潜意识里埋伏了一个症结，即担心自己的身体状况是否能够适应遥远的路途。而绿色的吉普车则将我的身体状况呈现出来，它的构造与人体何等相似。抑或是梦精心挑选了一辆有些反常的"吉普"来暗示我，还反复出现几个危险镜头——刹车失灵引起下滑、从一米高的陡坎颠簸而下，以引起我的警觉。吉普车失控向后"滑行"的危险状况与前面大夫提到过的"滑到糖尿病"的警告有关联，二者都是"滑行"向危险的迹象。明知背后有危险，而又无法控制自己向后滑去，这样的警告效果是不言而喻的。

而在滑行的过程中，背后的危险始终没有出现，这又是潜意识自身精细灵敏感觉的微妙反映——即还没有完全承认或相信自己已经被戴上了糖尿病的帽子。

意识与潜意识的抗衡是十分较劲的。潜意识似乎早已看穿了意识的小"九九"，你不是在平坦之处停下来了吗，那就继续侥幸地向前开吧，结果就从一个陡坎上颠翻了下去，整个车子仿佛散了架一般。这可是震撼式的效果，应该让我彻底警醒。

可危险归危险，还不至于彻底散了架而趴倒在地，这一点潜意识不会说谎。于是更为奇妙的画面出现了，还没有等惊飞的魂魄回到体内，似乎是散架的吉普车就像奇特的机器人一样在晃动中恢复了原样，而且包括内部构件等，统统带着响声——复位。就仿佛是神奇的人体构造一样，其自我修复的本能连最高明的医生也不得不感叹不已。"绿色的吉普"又一次亲吻了我的自信。我就再一次开着它继续缓缓地行驶，但毕竟不能加足马力超速而行。"绿色的吉普"还可以载着我上路。

梦中有惊无险的自信，或许既来自潜意识敏锐的触角，又来自身体内部机器运转的声音。我需要小心，但无需悲观。也就是在这个梦醒来之后，我再一次采血检测，空腹血糖果然是下降到了安全标准线之下，这又一次印证了此梦的预示。

我将好好善待我的"绿色吉普车"，小心翼翼地继续往前赶路……

2010年12月6日
2020年3月修改

赏　析

在中国的语系中，梦有很多种：南柯梦、黄粱梦、庄周一梦迷蝴蝶，物我皆忘；李白梦醒，"惟觉时之枕席，失向来之烟霞"；红楼一梦，繁华消尽，"落个大地白茫茫，真干净"……

所以不管是古是今，一个人对梦的了解，多多少少还是有的；可真正对梦进行追寻的，又有几人呢？似乎不能说没有。当人有了这样或那样的诉求，或多或少的忧虑，日思夜想的事或人，曲曲折折，往往会将这些变成了奇幻诡谲的梦境。有些人会打开网页，输入几个字，梦见什么，就会有"周公解梦"跳出来为你解惑，对错是不重要的，关键是这毕竟是种"解"；而更多的人遇到特别的梦，则只求夙愿达成或天降福星、逢凶化吉，若是几日下来相安无事，便会万事大吉，把那个梦中事忘得干干净净……这第二种方法，就是"忙碌"加"遗忘"，毕竟对芸芸众生而言，有更现实的生活要过。

所以当遇到这样对梦中事"耿耿于怀，念念不忘"的文字，颇具"痴"的特质，便会生出几分好奇，欲探究竟：它既没有高居云端的枯燥的纯理论分析，也没有为迎俗而写的大起大落的悲喜剧情，更不要指望它能满足谁的猎奇心理……它只是一个梦，单纯、质朴，就像是春日最新鲜的生命，从混沌里萌出芽来，虽然"落木"悄然——那些报警的"化验单"已开始出场，但丝毫不影响读者感受文字中那真实而又强大的生命力，这种特殊的亲近感像朋友，带着你读下去。

它既有如在目前的极其真实的场景，又有抽丝剥茧的心理的自述。梦中"一条路，一辆绿色的吉普车，下滑，跌落，然后平安，重整"，这就是一个人生的隐喻。驾驭汽车的自信，未知旅程的迷茫，跌落后巨大的恐惧，重整后的惊魂犹悸……不仅让人感慨这梦境的真实，更感慨它的完整，而由是推理出来的反思，带出的是一个被"准病人"忽视的现实场景，在长期的谨慎小心和偶尔的"大胆放纵"间来回摇摆的，不就是那个自信开车却不知险途的旅人吗？到底哪一个更接近真实，如果是梦，你会做何感想？

（李学文）

愿望背后的愿望

一旦猜出谜底,所有显意的图像都具有了明确的指向,而在这之前,你可能就是一头雾水。

梦境——

我在一列行驶的火车上,车厢里没有几个人,其中一位是我熟悉的O,还有几位记不清楚了。我们好像是要去看一场电影,是美国大片。我有些兴奋,因为这个美国大片的广告已经"轰炸"了好久。

车在一个小站停了下来,我下车到站台上散步。若乘车久了,我有这个习惯。可就在我向车尾方向转身的时候,火车开动了,速度并不太快,我便跑起来,想追到车厢门口抓住扶手跳上车去。此刻的我并没有感到紧张,还很沉着,因为自信能够跳上车。我很快就接近车门了,也就差两米左右的距离,但腿部开始给不上力,右脚踝骨有些隐隐作痛,奔跑的速度慢了下来。车门与脚踏板以及眼看着就能够抓住的铁扶手,渐渐远去。奇怪的是这一节远去的车厢就是车尾了,没有留给我再次追赶的机会。

火车终于越来越远,我一个人被甩在了站台上。

那个诱人的美国大片是在还未到的某一站放映。我的心里怅然若失,很是遗憾。就在这时,我从梦里醒来。或许是梦中的我不相信这一令人遗憾的事实,而宁愿跑到清醒的世界来透透气并看个究竟吧。

释梦——

此梦展示的情节比较简单，外在的显意也很直白。美国大片肯定不是实指去看某个电影，而是泛指一件诱惑人的美事。而我由于中途下车散步，误了与美事的约会。但是，在显意下面潜藏的隐意，只有我自己内心里清楚。

梦是愿望的达成，这是弗洛伊德梦理论的核心观点。而此梦却使我的愿望落空，让能够载我"达成愿望"的火车离我远去。然而，仔细分析，构成此梦的一些微观细节引起了我的怀疑，比如O代表什么？为什么要坐火车去看美国大片？在追赶火车时脚踝的疼痛又意味着什么？这些看似简单的画面，其实可能暗含着复杂的寓意。

现实中，我已经好久不去电影院看什么大片，近来也没有这个兴趣，因为在家中的电视或电脑上即可观赏。再则，在我居住的省城有好多影院，即便是要看大片，也绝没有必要滑稽地乘火车到外地去看。由此可以断定，梦中的美国大片一定是另有所指。而我没有追上火车，失去了欣赏大片的机会，也似乎是在提示我注意什么。

O平日里挺随和，好像与你什么都谈，但细细琢磨，感觉大都是逢场作戏的调侃，而没有实质性的深度内容。与他在一起，使你也不会轻易地说出心底的话。中途下车而误了看大片的好事，难道是他的圈套？好像又不是，因为下车小憩完全是自我所为。而停在中途小站的火车，稍息片刻即启动又再正常不过。那O与我同在一个车厢去看大片的意义何在呢？他没有必要毫无意义地与我同时出现在车厢里面，他是我在车厢环境里唯一熟悉的人。他默默无语，与我没有交谈，而只是我中途下车后被甩在站台上的一个见证人，一个观察者。哦，这十有八九就是O出现于梦中的意义了，他并不是酒逢知己千杯

第二辑　心灵密室 / 135

少的道友，因为我们彼此没有共同的话语，他与我同在一趟列车一个车厢的真实意义就是看我的笑话，看我失去了一次看"美国大片"的机会而产生的尴尬，这也许正是他期待的一件乐事。这也是潜意识提示给我看的一种没有引起我注意的直觉。现实中的O很少对周围取得成功的同僚们表示由衷的祝贺。但梦中这个情节仿佛又不是此梦的核心寓意所在，因为我在做什么事情的时候，并不是太在意别人的态度。

这个梦有点荒诞寓言的味道。在意识中排除一个个对不上号的答案，其过程是很快的，但要写下来，恐怕会很长。我最终将注意力集中在了追火车的细节上，尤其是虽然有自信的心态，加紧追赶，却心有余而力不足，况且右脚踝骨隐隐作痛。联想的作用真是奇妙，它将我吸引到了曾经受伤的右脚踝骨上了，而这大概是解开此梦谜团的一条重要线索。

上中学的时候，我是校篮球队和田径队的主力队员。有一次，在篮球比赛时我右脚踝骨严重扭伤，到了晚上红肿得厉害，且浑身发低烧。父亲带着我去了骨科医院，医生拽着我受伤的脚用力校正，疼得我大喊大叫，那种剧痛至今记忆犹新。由此我记住了"伤筋动骨一百天"这个典故。由于我调皮好动，根本等不到好利索就开始在操场上玩开了。没想到这只脚的踝骨扭伤从此成了习惯，经常在体育活动或比赛时受伤。在上大学时的一场篮球赛中又加重了伤情，我在快步上篮的过程中被紧盯我的队员故意绊了一下，这一次"雪上加霜"，让我好几周不能够正常走路。年轻时倒也没有太在意，长途走路甚至跑步也没有大碍。但人到中年之后，这个关节开始频频发出警告信号：遇到阴雨、下雪天就疼痛起来，甚至牵涉小腿及膝关节部位。近几年来情况越发严重，右踝关节比左踝关节明显肿大，其实就是变形，而且走路多了，尤其是负重远行时就感到了吃力。我在医院多次拍了片子，请太原、北京的专家诊断，有的专家说应该做手术了，必须换关节或者是做关节融合术。但因我感觉走路尚可，就这样两三年过去了，还是没有做手术。

近来我特意去北京大学第三医院骨科看了受伤多年的踝骨，在那个自由市场般人挤人的医院里，大夫仔细查看了我的踝骨片子后，与我发生了一段有趣的对话：

大夫突然问道：你是共产党员吗？
我说：是啊。
大夫说：那你就不用做手术了。
我说：为什么？

看着我疑惑的眼神，大夫继续说：如果是国民党员遇到你这种情况早就做手术了。国民党怕疼啊，共产党员死都不怕，你就忍着吧。

大夫以调侃的口吻告诉了我脚踝骨问题的严重性。医生话里的话非常清楚，我的踝骨真到了该做手术的地步了，而且他还告诉我，像这样的手术——换关节，无论在哪里做都是一个复杂手术。这些信息当然会被潜意识牢牢捕捉，并留下深深的印迹。

每当我在美国动作悬疑大片中看到那些追逐者或被追逐者甩开双臂飞一般奔跑的场面，心里就煞是羡慕。我曾经也是可以那样全力奔跑的主儿。数十年前，在中学的一次田径运动会上，我是接力赛最后一棒，等我接到棒，对手的身影已经在四百米的田径场上超出我百余米，我全力奔跑，脚底仿佛是生了风一般，没有丝毫力不从心的感觉，在即将接近终点时，我超过了对手。围观的同学们早早就惊呼起来，好朋友将早已准备好的一盆凉水，在我冲刺的刹那泼了过来，以示狂热庆贺。

近来使我担忧的是，我有一个赴美国采访考察的计划即将实施，但这个受伤的踝骨无疑成了我的心理障碍。

医生对我说，脚踝骨担负着全身的重量。这话入我的耳，上我的心。我怕随着年龄的增长，带伤的右脚真是不堪身体的重负。说到这里，此梦显意底下的隐意，即愿望背后的愿望该浮出水面了。梦在提示我：你若再不重视治疗右脚踝骨，就追不上行驶的列车，抑或被行驶的列车甩掉，就会被O那种类型的人看笑话，就会看不上"美国精彩大片"。行驶的列车是一种象征，是能够帮你实现愿望的快捷工具。美国大片也是一种象征，是所有美好愿望的集合。反过来说，如果你治好了有陈旧伤的右脚踝骨，就可以追上行驶的火车，就可以展示你的潇洒，就可以实现想看美国大片的美好愿望。

梦真是一位知己好友，为了你的美好未来，不厌其烦地在开导你，劝说你。梦有话即说，不怕你难堪，只愿你从迷惑中醒悟。

右脚踝骨的旧伤，已经在日常生活中让我感到了行动不便，且造成了一定的心理负担。于是梦就表演了一个让你不得不回味思考的故事，当然这个故事比医生的劝说更为生动、艺术、真诚，或许更有说服力。

此梦境的潜台词是：你的内心深处仍然对未来充满了美好憧憬，有好多美丽的梦想在前方等着你，但你的脚踝与你的"交通工具"不大协调，该注意保养治疗了！

我没有理由不警觉，因为我还想去看更多诱人的"美国大片"。

是梦诱发了我的联想与想象，使我在推理中获得了新奇的探险般的快乐，其乐趣既在解梦的过程之中，更在破获谜底的瞬间。一旦猜出谜底，所有显意的图像都具有了明确的指向，而在这之前，你可能就是一头雾水。

2010年3月11日
2020年3月修改

赏析

  人体共有206块骨头。由于骨在人体各部位的位置不同，功能各异，最主要的功能是支持体重、保护体内脏器和运动。文章要说的是一块不会伤及生命的骨头。

  在"铮铮铁骨"的光辉历史里，你是很难找到它的印记的。你能翻到东汉的"强项令"，脖子骨头"硬"，就是不向纵奴的公主低头；东晋"不为五斗米折腰"的陶潜，腰"硬"不弯，宁愿回家种田；更不用说明朝的方孝孺，浑身铁骨，忍痛灭族也不屈服！

  这里所说的，只是一块名不见经传、不受伤就谁也想不起来的踝骨。它在个体的人生经验中也是默默无闻，风光的时候想不起它来。当青春赛场飞奔夺冠那样的场景终于成了记忆，连别人奔跑都要羡慕时；当右脚肿大明显不同于左脚，连医生都调侃这脚踝问题的严重性时；到梦境都开始预警，脚用不上劲，只能被奔跑的列车丢在车站时；"我"才听到它的"控诉"，意识到它"担负着全身的重量"。

  所以千万不要觉得不知道一个名称是羞耻的，事实是，当一个非专业人士开始用专业术语解读自己某个部位时，大抵就是因为"哑巴说话"，已经到了病痛敲门、让人有切肤之痛的时候了。

  你可以把它看成是一篇梦的解析，有追逐，有落寞，纯粹而彻底。而我倒觉得，比起反思，它更像是一次对话——一个生命和自己在梦境里的和解。只是一块骨头，隐隐的疼痛，就足以影响你的整个人生。它提醒着你：生命和梦想，可能会有你承载不动的时候。

　　笔者并不主张放弃梦想，但当事与愿违的时候，即使是在梦里，你能不能倾听每一个声音，感受一块骨头的痛楚，选择在该放下时放下——这种旷达，的确是每个人必需的修行。

　　"愿望背后的愿望"，也许表达的恰是作者未曾言明的深意，仁者见仁，就留给读者自己参悟吧。

（李学文）

神秘的河谷

梦境——

我乘了一艘船，在一条宽阔而又浑浊的河面上行进，似乎是黄河。不久船拐进了一条峡谷，河面较为狭窄，两岸的山崖峭壁将天空切割成一个不规则的图案，河水仍是浑浊的黄河水。船缓缓地逆流而上，河岸边的狮子、山羊清晰可见，它们或慢慢行走或奔跑着。我内心在想，这河水该变清澈了呀。眼前的景致让我想到了曾经游历过的长江小三峡，那里的水是清澈的，我觉得逆流再往上游走，河水应该清晰起来。依稀中看到了上游的远处，那里的水面仿佛是蓝色的。船停了下来，我们一行数人上岸前将外面穿的大衣放在了船上。

我们顺着狭窄的山谷往里走，可以看到那里人们的居住房舍十分简陋。沿途道路迷宫一般。我们走进了山谷深处的一个院落，并进了一个房间，倏然看到床上居然躺着我过去比较熟悉又尊敬的一位领导，而屋里坐在地面的一位妇女正在膝头上制作着什么，其身边放着一块图案漂亮的地毯，想必就是她的作品。地毯上面的图案，好像是用一粒粒不同颜色的石子排列而成，当我用手抚摸那些有凹凸感的图案时，一阵酸楚的感觉弥漫在心头。我想这里人的生活真是不容易啊。那个毯子样的物件，好像不是供人欣赏的工艺品，而是她们用来铺垫道路用的材料。

这时，那位躺在床上的领导起身对我说："我需要去办一件事，就是让人站在一个狭窄的山口处，给枪手试验着用枪来打，他们当然不会打中，而只是为了吓唬一下入山的人。"他的意思很明显，是让我来站在那个狭窄的山口处给人用枪来打，当然是吓唬一下别的人，做做样子。他曾经是我尊敬的领导，我嘴巴上答应了下来，但内心立刻就反悔了，虽然犹豫片刻，但我还是说了出来："万一他们走火了怎么办，那我不就被子弹击中了吗？这个我可不能干！"

领导慢慢地说："不会的。我是说让你手下的人站在那里去试试。"可我想，尽管是手下的人去试，仍然是有危险的，这可不是开玩笑。但领导点明了不是命令我去试，我内心之前的强烈反对态度似乎降了一点温，但我还是沉默着没有表态。

而领导继续说："叫你做就去做嘛。"不知为什么，这个情节没有再往下发展，而我却在此时想了很多。梦境里仿佛还有另外一个清醒的我，他在想着，这样的环境干个一个月两个月还可以，但要长期地这样干下去，可真够难熬的。我就在这样一种焦虑的心理状态之中醒来了。

释梦——

梦醒之后，我觉得奇怪的是，三十年前那种对长期野外职业的焦虑心理，居然直到今天仍然涌动在潜意识里，并在梦中流淌而出。梦里的那位领导是我以往从事野外测量时的上司，由于这个职业异常艰苦，当年同期参加这一职业的同伴都找理由陆续调动回城了，而我也一度想着如何离开这个一年四季在野外的工作。

此梦有几个重要意象：黄河，在长江小三峡里逆流而上，狭窄的迷宫般的河谷，旧房子里的上司，制作地毯的女人，上司残酷的指令。

　　我家在太原,因此我曾经主要在山西境内做野外测量,常常去黄河边。长江离我不仅遥远,而且我最近一次游历三峡也是十五年以前的事了。梦境中居然将北方的黄河与南方的长江连接起来,一远一近,令我泛舟其中,由宽阔河面进而拐进了一个狭窄的河道,且逆流而上。而这一切的画面都寓意我是由现在追溯以往,顺着时间的隧道逆行而去……

　　这位称职的"梦导游"要带我到哪里去呢?那都是三十年前的事了,时间够久的,从黄河跳到长江直至抵达长江支流小三峡的深处,这既在意料之外又多么合乎情理。你不得不佩服意识与潜意识配合默契的"这件作品"。

　　谜底终于展示出来:原来是一个简陋的小房子,里面躺着我曾经的领导。为了更清楚地表现这个环境的时代特征,梦让屋内一位制作地毯的女人用地毯图案向我说话。那地毯不是工艺品,而是为了铺垫道路用的,我心里刹那间涌起的酸楚即是对女人艰辛生涯的理解与感同身受,因为她的"织地毯"与我曾经所从事的野外测绘有惊人的相似之处——测绘的成果就是地图,而地图图案与女人制作的地毯图案有类似的视觉效果。野外测量员长年累月地在山间小道甚至是没有路的地方跋涉、攀登,而地图就是在这些道路上产生出来的。实际上,梦是让我由女人的地毯图案联想到了野外测绘的艰苦生涯,进而联想到在"凹凸"不平的山路上的攀登。

　　梦中,那位以往我所尊敬的上司,居然向我发出了一个不合人性的指令,这与他以往在我心中的良好形象恰恰相反。我知道,这个矛盾其实表达了我们在一种特殊艰苦环境中的无奈。他让我站在狭窄的山口被人射击,或者是让我命令手下的人去做,而且他说明这只是做做样子而已,本意是吓唬别人的。记得当年的书记、队长给我们做

第二辑　心灵密室 / 143

动员下指令时，那口气就仿佛是给即将上战场的敢死队下命令一样。书记还常常带着我们振臂高呼：有条件上，没有条件也要上！可没有条件怎么上？人们能在没有条件的基础上创造出条件吗！测绘是个精密的高科技行业，它需要诸多苛刻的条件才能做出合格的地图。我们连夜写决心、表态度，个个信心满满。进入测区之后，夜以继日，加班加点，没有节假日，即使如此也几乎无法按时完成那些超高指标的任务。一个时期我连晚上做梦都是在山上不停地走路，在山顶不停地观测。

现实的情况是，在大干快上的工作热潮中，作业员铤而走险伪造成果就不是偶然现象了，虚假的形式是害人的。于是，在梦里我还是鼓足勇气提出了抗议，这是三十年前没敢说出口的抗议。这个被压抑的情绪并没有在漫长岁月里"死"去，而是始终"活"着，一直到了做梦的这一天才火山般喷射而出。

面对我的抗议与沉默，上司说了句"叫你做就去做嘛！"这显然就是当年经历的回放，那时还流行这样一句话：理解的要执行，不理解的也要执行！

2009年11月25日
2020年3月修改

赏析

这是一个并不神秘的神秘故事，它关于一条河和一颗心。

一条河在文字间慢慢荡漾，它不负责风光旖旎，也不负载青春梦想，它只是一如桃花源的探寻，离开容易，漫溯艰难。

黄河边，曾经留下太多足迹，风餐露宿，岁月消磨，都是底色。

那些"凸凹不平"的过往，自以为已经平平常常地过去，却在梦里依稀呈现：狭窄的山谷，迷宫式的道路，贫穷的院落，辛劳的妇女……"一阵酸楚的感觉弥漫在心头"，发出"生活真是不容易"的感叹。这一声声叹息是对那个用石子编缀地毯的妇女，更是对疲惫的自己迟到的抚慰。只是多年以后，这种由衷的伤感来得这样猝不及防，可见那活在"不合人性的指令"下的灵魂得有多么压抑。

"梦中了了醉中醒"，不得不承认，梦境有时候比现实更接近真实，可贵的是，它不只是复原，还有超越。

踏遍不平地，"虚假"度日时分离破裂的人格，并没有被磨光了血性，那是与非的判定，真与假的选择，深植于心。痛苦的历程再沉重，也终于用五彩的形态绘图成形。

鼓足勇气，这三十年前没敢说出的抗议，终于如"火山般喷射而出"。河流追溯至此，终于抵达彼岸，千辛万苦的探寻，有了真正的意义——勇敢地抬起头，睁开眼看到自己最真实的心，它没死，它还在。破茧成蝶，一定是痛苦的！但振翅高飞的自由和畅意，也只有飞翔的人才能体会得到。

在此，我要把祝福献给每一个勇敢做最真实的自己的人。"衣沾不足惜，但使愿无违"。一个人终于心神相合，坦坦荡荡，立于天地之间，是他的幸运，也是人间变得美好的希望所在。

（李学文）

梦海探秘

第二辑

梦境素描

那年冬天的一个夜里，
正在郑州的我接到家人的电话，
说父亲因重感冒诱发哮喘。
我当即毫不犹豫地请假赶回太原，
在医院陪侍父亲，
无奈父亲哮喘日渐加重，
不久就作为危重病号给装上了呼吸机……

列车上的相遇

那年冬天的一个夜里,正在郑州的我接到家人的电话,说父亲因重感冒诱发哮喘。我当即毫不犹豫地请假赶回太原,在医院陪侍父亲,无奈父亲哮喘日渐加重,不久就作为危重病号给装上了呼吸机。之前我们已接到过医院下达的病危通知书。医院特意请北京专家来会诊,调整了治疗方案,父亲病情有平稳迹象。在经历了十多个日日夜夜的紧张、焦虑之后,我那天早上稍稍放松下来,抑制不住地泪流满面,默默祈祷、感谢上苍。然而,医院终归回天乏术,父亲在2005年1月8日的黎明走了……

父亲走后数月内,我一直心存愧疚,细细过滤着在医院的那些个日子,翻来覆去地责问自己,是否在某些环节上犯有过失:为什么不在当时这样做或那样做?如果这样或那样做了,会不会有不同的效果?而冷静细想,那些令我愧疚甚至有负罪感的"过失",或许是我极度悲痛状态下的一种臆想。再往后,就想到了当初本就不该离开太原去郑州,甚至想到如果我就在太原,父亲或许就不会离开我们。记得当初我鼓足勇气跟父母讲要到郑州去做事时,父亲虽说没表示反对,但却是一脸的阴沉。可以说,我是深陷痛苦与懊悔之中不能自拔。

就在父亲去世近两年之际,我做了一个梦:在一辆去远方的火车上,我去哪里不大清楚。途中,我前面的一个人突然转过身来,居然是我的父亲,面孔非常清晰。他见着我竟然几乎没有一丝微笑,也没有对这样的父子奇遇而感到惊奇。他只是问了我一句话："你这是又到哪里去呢？"不一会儿，让我惊奇又难堪的一幕出现了，他就在离我不远的地方侧着身，对着一个容器小便。我想着这可是公共场合，顷刻间不好意思地浑身燥热。但我内心也瞬间就反应过来，父亲是位重病号，此举也实属无奈，情有可原。想到此便也安然下来……

父亲生前几乎没有与我同乘列车去过什么地方，但在此梦中，父子俩却奇迹般地在火车上相遇——这一幕恰好极为精微、形象地将我在父亲去世后的复杂心态呈现出来。我内心痛苦、懊悔且矛盾重重，总想着父亲的去世与自己的过失是否有关。我自责不已，总想着作为儿子没有照顾、保护好父亲，尤其后悔在他晚年时居然鬼使神差般地去了外地做事。我常常难以抑制这样的念头冒出来：假如我当年不去外地做事，父亲或许就不会……这种内心的自我谴责甚至使我在失眠中辗转反侧、喃喃自语。我也会在不能自拔的痛苦冥想状态里换一个角度自我安慰：我还是尽力了，毕竟在父亲病危之时迅速赶回太原，在医院里竭尽全力陪护；或许父亲确实病重难治，面对那个要命的哮喘，医生也乏术无奈啊，医疗界不是有"内不治喘，外不治癣"一说吗？当我在网络上看到年轻的歌星邓丽君，还有骑摩托飞越黄河的"中国第一飞人"柯受良，都是因突发哮喘无法医治而身亡后，内心的负罪感倒也略有减轻。

于梦中远行的列车上，父亲的那句"你这是又到哪里去呢"，显然隐含着阻止与埋怨的意思。阻止与埋怨（我远赴郑州）在现实中并没有发生，但我知道父亲内心是十二分地不情愿，只是没有说出来而已，梦中父亲的"阻止埋怨"其实是我潜意识深处的感觉，或者曰推测，正是这种感觉让我觉得愧疚，故而列车上的父亲是我内心愧疚而幻化出的形象。这种愧疚、懊悔太强烈了，以至久久地、紧紧地缠绕着我。毕竟父亲是患了一种疑难病症，也在医院进行了全力救治，这些又是我被压抑的潜意识试图挣扎愧疚、懊悔缠绕的一股暗流，它要释放，要冲淡我的愧疚，唯有如此，我才不至于被痛苦所淹没而窒息。于是，梦中就出现了父亲在车厢里对着容器小便的画面，刹那间我非常奇怪并难堪，但瞬间也就释然，因为想到父亲是一位特殊的病人。这是无奈的，也是别人可以原谅理解的，至此，梦的隐藏意义也就浮出水面，即父亲是因重病而离开我的，医生都没有办法，实属无奈，倘若我就此深陷痛苦的旋涡之中不能自拔，那定是父亲在天之灵不愿看到的一幕。上苍啊，没想到父亲在另一个世界里仍然惦记着我，并飘入梦中来稀释我的痛苦。而我又怎能抑制住悲伤怀念的泪水……

因父亲去世而造成的痛苦情结徘徊内心，且永久深埋于我的心灵深处，但它必定会时常于梦中释放而出，宛如滔滔奔流的江水。我只有理智面对，方能平衡痛苦的小舟。当你于现实中想不清理还乱的时候，当你搜索有限的感知信息仍无法摆脱困惑之时，潜意识是冷静且清醒的，它会在梦中向你透露端倪。

倘若读不懂此梦境的语言，我或许真的会被痛苦的旋涡所淹没。

2007年12月5日
2020年3月修改

赏析

两年前发生的事情，两年后又以一个梦的形式唤起作者的记忆。这看起来有些诡异的梦境，恰恰表现了作者内心深处无法抑制的求索欲望。生活中，我们看到的并非都是真相，但潜意识一般不会骗我们，它常常以梦的形式向我们"透露端倪"，而梦就是在用形象为道理打比方。

　　我一直认为，变故是让人深刻思考的动力。人常说，贫穷限制了人的想象力，其实富有同样会限制人的想象力。始终生活在衣食无忧状态和始终生活在贫穷状态都很难让人聪明起来，只有生活产生落差的时候，人们才会追问自己：为什么会是这样？这个结果是命运的随机，还是有规律可循？在这不断的追问中，人们的认识才会不断深刻起来。

　　生老病死是一般人都会遇到的变故，也是一般人会产生深思的"坎儿"。在父亲去世这个大变故面前，作者不断自责、愧疚，深挖着自己可能的"错误"。是他真的做错了什么吗？不尽然；是他只是为了寻求心理安慰吗？也不尽然。道德要求我们必须孝敬我们的长辈，但孝敬长辈又不是我们生活的全部，我们总有一些别的事要做。所以，我们便会在众多道德要求和生存需要中寻找平衡。我们总要"错"过一些什么，也必须"错"过一些什么，但这不能成为我们从此心安理得的理由。我们的自责其实是"善"的本性的提醒：生活没有尽善尽美，但我们的追求不能没有尽善尽美。

　　如果不能释放"善"与"情"，解梦就没有意义。我想这就是作者想要达到的目的吧。

（高岚）

高岚，现为太原市教研科研中心教研员，山西省中学语文教学专业委员会常务理事。

情人节之夜

我乘火车抵达郑州时，已是夜里十点多。我还要去位于郑州市郊的新郑，公交末班车早没了，于是我便在火车站附近打了出租车。车上副驾驶位置已经坐了一位男士，他与司机闲聊，看样子是熟人。司机没走高速，约一刻钟后我发现路边没了路灯，在车灯的照射下大致可以看出此路段扩建还没有完工，故而车子提不起速来。这黑灯瞎火的，一辆孤车行进在几乎无车无人的路上，不免令我心生几分恐惧，心想车前面两位若合伙打劫可凶多吉少啊。突然司机停车了，说有人要搭车，很快后边有两位青年男子赶上来，他们冲着副驾驶旁边打开的窗口说要去新郑，司机赶紧下车去将后备厢打开，我猜想着可能是为搭车人装行李吧。这漆黑野外的两位拦车男子或许是强盗呢，那我放在后备厢的行李箱可就悬了，他们若真抢，司机也无力拦阻啊。还好，没等我冒出的闪念接着联想，司机砰的一声关了后备厢，走前来坐在方向盘前，而那两位搭车者便开门坐在我旁边。

车开了，除了车灯打出的两条光柱之外，周边是浓浓的黑暗……

其实当车子驶上无路灯地段不久我便后悔打出租车了，相对于灯火通明的郑州而言，我等于是即刻进入了黑暗的危险范围。又没紧急之事，在郑州住一晚等次日再走也可。此时，我便又因这深陷于黑暗之中的孤车而生出几分猜测：这身边两位壮汉怎么可能在黑暗的荒郊野外等出租车呢？若他们与这司机和副驾驶也是一伙的，又故装作互不相识，那车上唯一被作案的对象就只能是我了。想到此不免倒吸一口凉气，接下来居然就想着若有异常动静该如何脱身。还好，到了飞机场附近一个岔道，我旁边的两位壮汉要下车了，司机还特意下车从后备厢里帮着拿行李，当然这也意味着司机在同时监看着他们别拿错了行李。

我松了一口气，以为再过片刻即可安然回学校了。没想到在一个黑漆漆的地段，那位坐在副驾驶位置的男子用手机开始与人通话，其间还不时地与司机对话，我好不容易才听明白，他们俩是在这里寻找什么人。车又停在了路边，司机下车后站在一个田埂高处，边打手机边四处张望，我好不纳闷，从郑州火车站到此约有三十公里，他们到这前不着村后不着店的荒郊来寻找何人呢？难道是这里还有同伙等待接应不成？不一会儿，他俩回到车内，我斗胆问了几句。他们便匆忙告知原委：今天是情人节，司机女儿在网络上被一位从未见过面的男子给联络上了，约她到新郑来约会，女儿果真就来了，结果根本就找不着约会地点，按他们的说法是被人家耍了、骗了。他们按女孩儿电话里说的地点来找，但女孩儿当时说不清楚究竟在什么地点。经过一番对话，女孩儿按父亲的指示打车回郑州了。于是出租车司机安心送我继续走。唉，如今的年轻人，真是被"情人节"搞得够晕乎的。

到了学校，洗漱完毕已过午夜，我躺在床上想着路途奇遇不禁哑然失笑，毕竟是虚惊一场，倒是那位在情人节之夜被骗到市郊的小女子让我惊诧不已，她如此浪漫天真。

当晚，我做了一个荒诞的梦——

黄昏或是夜晚，我在都市里打了一个"的士"，要去哪里不大清楚，司机是一位女士，车走在中途时说有事不能走了，愿意少要点钱并让我下车。我气愤地说了她几句，大意是开出租车赚钱怎么能如此不讲信誉。她还算有底线，不情愿地继续开车将我送到了目的地。结果下车后见一个中年男子突然从车后备厢中拎了我的行李箱，且骑车疾驰而去。我在后面追着跑，他还带着一个小女孩，不一会儿，眼看着他沿着一条绳索一般的东西飞上了天空，不过其后边有一条绳子在飘曳，我便顺手抓住了那条绳子，紧接着我的身子居然也脱离地面飘起来，鬼晓得为何居然没有掉下来。之后的情况有些模糊，我飘起来之后也没有看到那抢劫的人和车子……

场景变换，我又返回地面，站在了出租车方才停下的地方，但出租车也不见了。我此刻清楚，放在出租车内的行李箱及装笔记本电脑的包都不翼而飞了。

或许在次日早晨，我忽然在都市的一条大街上看到了那位在出租车上抢我行李箱的人。少顷又遇到了一位我曾经的同事，他父母在农村，奇怪的是我竟然知道了——搞不清楚如何知晓——昨晚开车的抢劫的都是他的亲戚，我告诉他必须给我找回东西，否则就报警。他倒也知趣，一边打骂那几位亲戚，一边逼他们把东西交出来。随后，似乎是找回了我的那些东西……

——可以看出，这个梦境基本就是我情人节之夜遭遇状况的重现。早上醒来躺在床上，我的脑袋里仍然想着昨晚在黑暗之路上的场景，亦恍如一个梦幻。早餐时，我在校餐厅餐桌上还把情人节奇遇与一位副校长讲了一遍，本是随意当趣事说的，没想到他听后颇为惊讶，说这样太危险了，还埋怨我没告校办派车接站。

对那位情人节之夜的出租司机来说，夜晚穿行于城郊无路灯路段是一种常态，半路看到招手的搭车者，尽管地处黑暗荒凉之地，但受利益驱使停车将其拉上也可理解。对我来说则不然，简直就是极其罕见的一次奇遇，一路于联想中产生的恐惧也再正常不过，平日里于新闻中看到的诸多出租车刑事案全成了诱发因素。

奇妙的是，此梦境乍一看似乎是情人节奇遇的重现，但仔细深究品味，却发现二者还是大为不同，夜晚经历不过是一场有惊无险的奇遇，而梦境却更像是一幕表演艺术，它通过一些形象的变形组合，将我"奇遇"当晚没有想到但却沉积于潜意识中的东西也流露出来，给了我联想空间，或者说像一幅艺术绘画作品给我提供了联想的潜能。梦境中的出租司机变为女士更具有象征意义，相比较而言，女士比较内向、羞怯，骗人或不守信用的概率要低于男士，小品《卖拐》中的骗子去骗一个正常人可以脸不发红嘴不结巴，可旁边他的老婆却有些不好意思和于心不忍。那梦境中的女司机能很自然地将我扔在半路，说有事叫我下车，这种不讲信誉、毫无诚实可言的行为，是当今社会环境留给我潜意识的印迹，梦中冒出来的这个形象不仅仅是个人潜意识的释放，也应该是"社会意识"投射于我的缩影。这也为接下来我的恐惧以及被人拿走行李箱做了铺垫。在目的地抢劫的人还带着一个女孩子——天真善良的下一代，这是多么让人担忧的一个画面，他竟然毫不避讳地在一个女孩子面前行抢劫之事。我追着他们，他们竟然飞上了天，这寓意我几乎无法追到他们。我顺手拉住了一根拖曳下来的绳子也飘飞起来，这是一种脱离，对恐惧心理的脱离。我也能飞起来，就有可能去追回丢失的东西。如果我没有抓住那根绳索，无法飞起来去追，那只有陷入更加无奈又恐惧的绝望。

  在昏暗的空中我什么也看不清楚，待回到原地，出租车跑了，我所携带的所有珍贵的东西也丢失了，这意味着我的焦虑、无奈与恐惧。然就我个人的经历来讲，虽然见识过危险，但毕竟没有在旅途中于出租车上被抢劫的亲身经历，这类事应该属于非常态的意外。梦境中出现了一对矛盾的扭结对抗，女司机虽不讲诚信，但在我的一番斥责之后又守住了职业底线，将我送到了目的地。抢我东西的人与女司机无关，这是恐惧中幻化出来的形象，我看着他飞去而无奈、绝望，但毕竟第二天找到了他，并且在同事的帮助下追回了丢失的东西。

  整个梦境表现的结果与我情人节的经历一样——有惊无险，它将我潜意识中的"有惊"与"无险"均演绎得天衣无缝。那么，此梦到底想释放什么呢？在我的焦虑、恐惧、忧患之中，它的表演让我想起莫泊桑在小说中写过的一句话：生活永远不可能像你想象得那么好，但也不会像你想象得那么糟……

如此想来，我内心深处的压力就稍稍释然了，而这或许正是梦境所要的效果。

2009年2月15日
2020年3月修改

赏 析

漆黑的夜晚，独自乘坐出租车行驶在前不着村后不着店的路上，你会不会毛骨悚然？你会不会脑补各种恐怖情形？路遇劫匪怎么办？被谋财害命怎么办？文中的"我"就是这样，半夜出行，各种担忧恐惧后悔。结局如何？我们一起来看。

无论是现实还是梦中，"我"都受到惊吓，但都有惊无险。简而言之：半夜打车，有惊无险；当晚做梦，梦中打车，同样有惊无险。文章在情节上，从现实到梦境再到现实；现实与梦境情境相似，都颇为离奇。作者在表达方式上另辟蹊径，将现实深夜奇遇与梦境神秘画面牵连起来，其新颖独特的表现吸引着读者的兴趣。

文章的题目是"情人节之夜"，题目与内容有何关联？需要分析"司机"这个人物。这天是情人节，"我"半夜打出租车。司机没有走高速，而选择走小路，是为了找与网友约会的女儿。这个情人节的夜晚，对"我"来说，是一路惊魂；对司机来说，同样惊险交加。司机担忧女儿，但依然把乘客"我"送到目的地。

本文的主旨是什么？结合文章引用的莫泊桑的话："生活永远不可能像你想象得那么好，但也不会像你想象得那么糟。"这句话对"我"、对司机都是如此。"我"半夜打车，担忧恐惧自己遇到坏人，遭遇抢劫；司机担心情人节之夜出走的女儿遇到危险，遭到欺骗。但结果都没有这么坏，"我"顺利地到达目的地，司机也得知了女儿安全的消息。"我"无论在现实还是在梦中，都有惊无险。

生活就是如此，每一个人既需要有安全意识，尽量远离危险；又需要对人们充满信心，世上还是好人多。这，才是一个美好的社会！

（姚红红）

姚红红，1978年生，中学语文正高级教师，现就职于太原市第五实验中学校。曾获山西省模范教师，山西省骨干教师，三晋名师，山西省优秀班主任；太原市名师工作站优秀导师，太原市教学名师，太原市骨干教师，太原市优秀班主任等。担任《学习报》特约编审，《语文报》作文批改名师；在太原教育电视台《天地诗心》栏目担任诗词鉴赏任务，在太原教育电视台《太原名师空中课堂》栏目担任高三语文教学任务，在《语文报》担任高三语文复习教学任务；中国教育专家网导师班成员，"诗意教师"公众号主编。

在《语文建设》《新作文》《基础教育参考》《中学语文》《中学生阅读》《语文报》《语言文字报》《学习报》《学习方法报》《现代教育报》《作文周刊》《语文周刊》等报刊上发表论文四百多篇；参与撰写教材教辅四十多部。出版专著《高效作文讲与练》。

教育思想是"生命教育"，教学思想是"生命语文"。

博士的隐形车

午餐时,我与S大校的某位校长聊天。他说该校杨博士的"记忆引擎"英语学习软件在校护理学院做了一段时间的试验,效果很好,引起了学校决策层重视,为此还专门成立了校学习英语委员会。但实施推行"记忆引擎"时,遇到了极大的阻力。而且遗憾的是,最终确定校学习英语委员会人选时,居然没有杨博士什么事。

对此,我很为杨博士感到愤愤不平,也发了一通牢骚。饭桌上发的牢骚似乎意犹未尽,午觉时竟然又做了一个奇怪的梦——

杨博士开着一辆敞篷汽车,我与S大校的某校长坐在车上。车子不太快,就在S大学围墙外边的路上缓缓行驶。奇怪的是校外一排的小店门口,即人行道上,摆满一个接一个的餐桌,均为简易木质,桌面零散地摆着酒瓶与玻璃杯子,还有零散的吃客在桌边休闲吃喝。一眼望去,就仿佛是西方都市的街边餐饮一景,只是没有高大的阳伞。

没想到杨博士一转方向盘,车子竟然从公路上了人行道,对着那些简易桌子与吃客就冲了过去,我心想坏了,急得张大了嘴巴,却喊不出声来。接下来该是一片撞击声四起,惊叫声撕裂空气,且桌椅、杯子乱飞的画面了。但非常奇妙的是车子飞快地开了过去,一路上并没有骇人的声响发出。那些吃客、桌子、酒瓶、杯子纹丝没动,几乎就没有感觉到我们这辆汽车的急驶而过……

那一路而过的感觉,很难用语言表述,杨博士很轻松,很潇洒,似乎还带着微笑,仿佛是开了一辆隐形魔法汽车,就像玩游戏一般地从那些拥挤的街边一滑而过。对，就是这种感觉，那车子从人堆里驶过的瞬间，似乎即刻就变成了一个空空如也且透明的汽车轮廓，像风一般飘飞而过。

回头一看，那些街边的吃客仍然在闲谈在吃喝，根本就没有感觉到我们的汽车从他们身边或头顶风一般地掠过……

杨宁远是留美博士后，"记忆引擎"的发明人。他将人脑的记忆规律与电脑的超级计算结合起来，并插上了互联网的翅膀，使得"记忆引擎"的使用者相对于传统的学习者来说，简直就是一个飞跃。当下高校的英语教学基本还是以往的老套路，无非是死记硬背再加上"母语环境模拟"训练，这种延续了数百年甚至更长时间的外语学习方法，遇到了电脑加网络以及对人的记忆规律有了深度研究之后，还需要维持原有的学习方法吗？采用"记忆引擎"学习，相比于传统的外语学习，简直是高速公路与乡间土路的差异。不仅如此，这种学习方法的革命意义还在于，地球上任何地方的人，只需坐在家里通过电脑与网络便可按步骤来学习学校的课本内容。而它在高校的推行意味着对传统模式的颠覆，遇到阻力是再自然不过的事。

有了远程教育，边远地区的人在家里一样可以读北大、清华，或哈佛与耶鲁的课程，但这个梦想的遥不可及不是因为现代技术的障碍，而是人为的壁垒。

事后我了解到，2010至2012年，S大学护理学院108个涉外护理专业的学生，在英语四级摸底考试时一个都没有过。此时离正式考试仅剩22天。护理学院院长找到了杨博士，让学生们用上了"记忆引擎"。四级考试前，院长仍然担心不已，对杨博士说，我这么多人，最少也得过关20%吧，面子上总要过得去吧。结果过了87人，通过率71.4%。

全国高校英语四级考试通过率前20名高校中，其中北大通过率

65%，郑大通过率55%。即使如此，记忆引擎仍难在S大学全面推行。杨博士与我谈到此困境时，倒也看得开："高山峻岭上的水要跑到海里，得跑几个月，在此期间一定会有阻力，会遇到石头与湖泊，到了湖泊还得等水满了才能流出。人们往往看到的是落差，而忽视了过程。在科技领域，离人们最长的距离不仅仅是科技的研发，还有科技普及的大面积滞后。"从他的言谈中，我的感觉就两个字：自信。

在做这个梦前的当日上午，我刚好看了王宏甲先生的《重读孔乙己》一文，午饭时便对与我讲"记忆引擎"的那位校长发了一通感慨，我说，鲁迅写孔乙己时，科举制已经被取消十四年了，白话文也顺应社会需要而大范围被使用了，但那些被传统封闭且无视时代变迁的孔乙己们，不仅可悲可叹，而且终究会被时代所淘汰！

2011年5月27日
2020年2月修改

赏 析

学术水平高的人，让人佩服；学术水平高，德行也好的人，则让人仰慕。文中的杨宁远博士就是一位德艺双馨的教师。

杨博士是"记忆引擎"的发明人。他将"人脑的记忆规律与电脑的超级计算结合起来"，这对于传统学习者来说是个飞跃。作者运用形象的比喻来说明采用"记忆引擎"学习法与传统学习法的区别，就如"高速公路与乡间土路的差异"。"记忆引擎"学习法的效率如何？作者用S大学学生的英语四级考试通过率进行翔实说明。

杨博士坦然面对人生得失。按说杨博士这样的人才应该得到重用，然而学校最终确定校学习英语委员会人选时，居然没有杨博士什么事。作为一个局外人的"我",为此感到愤愤不平,发了牢骚。然而杨博士却看得开,坦然面对人生的起伏变故。杨博士说:"高山峻岭上的水要跑到海里,得跑几个月,在此期间一定会有阻力,会遇到石头与湖泊。"杨博士的这番话,与"山不辞土,故能成其高;海不辞水,故能成其深"可谓异曲同工。杨博士的这份豁达自信,让人敬佩。

本文在叙事上,运用了梦境的超现实情节,从而增加了人物形象的立体感。现实中的杨博士德艺双馨,让人敬佩。梦境中的杨博士潇洒面对人生,对于自己给人们生活带来的剧变,不置一词,轻轻地离开,不带走一片云彩。

本文运用插叙与补叙的叙述方式,让情节富于变化。文章在交代杨博士身份、交代他发明的"记忆引擎"时,运用插叙的方法,让读者了解杨博士做的工作;文章在写"记忆引擎"的功效时,运用了补叙的方法,让读者了解杨博士发明的学习法的具体效果。

本文通过杨博士传达出一种积极乐观的人生观:时光向前,历史向前,我们不骄不躁,继续努力。

(姚红红)

忏悔之醒

在梦中,我与几位同事抑或同学在飞机场经过安检进入了候机厅。这个细节不是很清晰,但接下来的情节非常清楚:我们几个人在一处墙壁前站定,我发现在墙壁高处有一条凹进去的槽,那槽上面裸露着一个亮晶晶的东西。我有些好奇,凭借着个子高,我伸着手去触探。取下来一看,原来是一金属盒子,接着打开,哇,里面居然躺着一沓子美金纸币。这也太让我感到意外了,当即反应是有些犹豫,不知如何是好,但还是很快就将美金塞在了内衣口袋里。在做这一连贯的动作时,我还特别留意了周围的同行者,他们并没有看到这一幕。很奇怪,同样站在墙边,他们为何没有注意到我所做的这件事。

但随之而来的就是懊悔与后怕,心想着这么一沓子美金在管理严格的机场不翼而飞,肯定会有警察追踪的,而且一定会找到我,到那时我将不仅是非常难堪,而且会有说不清楚的尴尬,没准还会受罚。我一边走一边就想着把这件事对同行的一位老师说出来,让他帮我看如何处理。他与我不是那种一般的师生关系,而是亦师亦友的关系,其学业与为人的境界令我敬重。他恰好就走在我的前面,我快步赶了上去,没想到这位老师竟然转过身来,没等我开口,倒先问起了这件事:"这事是你干的吧?"我具体说了些什么记不清了,似乎是用了一句含糊其词的话搪塞着,因为周围的人多,好像是怕别人听了去。老师也没再说什么,扭身继续往前走,但紧接着我又追上了老师,坦诚且压低了声音说:"老师,那事是我干的。"

在老师还没有回话之际，我担心地左顾右盼，此刻一张我熟悉的面孔突然就出现在右侧，这家伙平日里为人狡黠，喜欢挑拨离间，我心想刚才与老师说的话一定是被其偷听去了，于是不免有些担忧。但迅即转念又一想，我并没有对老师说得很具体啊，而只是说了"那事是我干的"，干了什么事，这个讨厌的家伙不会听得懂吧。

尽管如此，我还是非常后悔，尤其是当那张狡黠的面孔出现之后，懊悔的心情就愈发强烈起来。接下来怎么办？我还没有理出头绪，心乱如麻，六神无主地跟在老师后面走着……

这个时候，最好的结果就是及时醒来。还真是如此，上帝没有让我背负着此种悔恨的沉重心思在梦境中游荡太久，很快就在一身冷汗之中清醒过来，且瞬间就意识到刚才沉陷懊悔与恐惧之中的不过是一个梦而已，负担随即卸掉。

梦境为我的潜意识流动表演设计了多么美妙的一个舞台，又挑选了多么优秀的演员。

机场，一个设施豪华的公共场所，尽管现实当中我从来没有在机场捡过哪怕一个打火机，但是在梦里我于这个人来人往的地方还是抑制不住好奇，触探并捡到了一个不属于自己的盒子，且打开了它，并将一沓子美金装入口袋。这当然不是抢劫，也不是偷盗，似乎有点偶然的运气，碰巧让我捡到的意思，但即使如此也仍然让我感到内心极度的不安。当然，机场与美金在梦里是实，实则寓意是虚，不过一个象征而已，可以泛指荣誉金钱地位等等。

梦中的老师在现实中是有原型的，无论梦中还是现实里，他自然不会替我做心理咨询，来帮我解释这种心理零碎杂乱的混合现象。老师在梦里走在我的前面，他转身质问我：这事是你干的吧？多么精彩的一问！这老师不是别人，正是主宰我灵魂的"精神校长"，他随时随地存在，且监督着我的言行，只要他出现在梦里，只要我还在梦里想向他请教或寻求忏悔，那无疑是一件好事。他始终在提醒你，不要去触碰不该你拥有的东西，否则将会背负沉重的负担并深陷痛苦之中。"精神校长"无影无形，你看不到他的面孔，梦找来了一位让我敬重的老师做替身，这就是梦境的奥秘。

还有那位令人讨厌的人，他也似乎随时随地就会出现在你的身后，偷听着你说的话，窥视着你的表情，甚至看透你的内心世界。噢，原来他是"精神校长"的另一副面孔，时刻提醒着你：必须小心谨慎。

古人说得好，勿以恶小而为之，勿以善小而不为。

感谢梦，它有一双神眼。

2017年6月10日
2020年2月修改

赏析

细节是让情节生动起来的重要因素。你生动了，就会自然形成一种情境，进而把读者带入情境中。于是，梦中作者的紧张也让读者跟着紧张，梦的及时结束也让读者跟着长吁一口气。这意趣横生的描写正是作者的高超之处，也是文章的魅力所在。

梦的细节也在不断诱发着读者的猜想：为什么事情发生在机场？为什么钱放在一个金属盒中，而金属盒又放在墙壁高处一条"凹进去的槽"上？为什么同在墙边，同行者却没人注意到我的行为？为什么同行者中的老师知道了不加制止？为什么此时突然出现自己曾经"鄙视"的面孔？这不断的猜想，让作者后面的释梦水到渠成，恰到好处，读者和作者形成共鸣，成为共同的"释梦人"，而深刻的道理就在这共鸣中潜移默化地走进读者的心中。

　　是的，这道理很深刻，但未必人人皆知。曾有学生问我："既然好与坏是对立统一的一对儿，没有坏人就没有好人，那是不是没有坏人，我们也要培养一些坏人与好人对立统一呢？"我反问他："你以为自己就是个好人吗？"他顿时一愕，不知如何回答。其实，不用说孩子们，有多少成年人真正想过这个问题。一般人总是想当然地以为自己就是个好人，如果这样的话，那坏人又是从何而来的呢？我们每个人都是善和恶的综合体，当善占了上风时，我们就基本表现为一个好人，当恶占了上风时，我们就基本表现为一个坏人。我们每个人都是潜在的"坏人"，促使我们不能变坏的，一个是社会道德和法律的约束，一个是自己灵魂的约束。

　　我觉得"精神校长"的另一副面孔——那位令人讨厌的人，实在是作者令人叫绝的刻画。我们有时很讨厌那搬弄是非的"小人"，试想，如果没有这些"小人"的存在，我们是不是会更加放荡？我们怕他们搬弄是非，很可能是因为我们身上总是或多或少地有些"是非"，时刻提醒自己，不要让自己的"是非"攥在别人手里，特别是"小人"的手里，才能让自己不断完善起来。而这正是作者非同一般的眼界。

（高岚）

超 人

在梦里，时光倒转，我身处在一个童年时代居住过的大院里，但已是成年。我好像在此等着几个人会合，要去农村的扶贫点，但人没有来。我家位于大院东头，忽然这边有个大鸟飞走了，像鸽子那样大小的一只肥胖的母鸟向大院西边飞了过去。大院西边与东边虽然没有围墙，中间只有一条路隔着，但好像有一条无形的界限，东边住户大都是干部职员类，而西边是工人居住区。我正欲追过去寻找那鸟时，有人跑过来高声说，那只母鸟下小鸟了，在一个屋子里。我于是跑了过去，在一个屋子里果然看到四五只灰色花斑小鸟，比麻雀大，都长着羽毛。可突然其中一只小鸟朝我飞来，像子弹一样击中我的左前额。刹那间我就明白这是小鸟在攻击我，或许它们担心我在寻找或捕捉它们的妈妈。我迅疾用手抓住那只小鸟将它扔了出去，可又一只快速飞来，且非常准确地趴在我的左眼上面。我本能地闭上眼睛，接下来倒是没有感觉到它坚硬的嘴巴或脚爪继续攻击我的眼睛，否则将十分危险。我又倏然想到这是一场误会，小鸟并没有真正攻击我的意思，它们只是担心我带走它们的妈妈。我用左手抓住了左额上的小鸟，费力地将它拿了下来……

场景转换，我看着一窝聚拢在一起的小鸟，它们蛮可爱。我招呼背后的几个人，让他们找来一块大布子，我想用布子把鸟包裹起来带回去，因为感觉它们是我们东边的母鸟生下的，母鸟的窝在东边。

此时，跑出来几个人竭力阻挡我这样做，其中一位是原单位的同事D，此人是技术专家，能言善辩。他讲着大道理，一套又一套，具体说什么记不清了，总之是不让我带走这些小鸟。我说，这鸟是我们那边的母鸟下的，母鸟刚飞过来，你也看到了吧，为什么就不让我带走呢？只见他拿来了一个长长的木板，斜着抵在了门上，意思是不让我走了。我于是接着对他说，你怎么是这样一个人呢？说这句话的时候，其实我心里也觉得怪怪的，因为D平时不是这样一个人，他的行为与平时的形象大相径庭。

我是如何摆脱D，从那间屋子跑出来的，不知道了，反正我站在屋子外边的院子里了，那个屋子莫名其妙地变成了孤零零的一所紧贴山崖边的小屋子。我手里拿着一个木板，心想豁出去了，若是他们出来了，我就与他们干一架，而且还想着用木板将那个小木屋给它掀翻了。此刻，就听得有一个女人的声音从那小屋背后的窗口飞了出来，但是我看不到喊话的她。她喊道："海霞——海魂——"仿佛就是一句联络暗号。我顺着那声海魂的尾音往房后边直立的峭壁上看，仿佛那里要有人出来似的。嗨，真是的，突然在我右边的天空上出现了一架飞机，是喷气式的，尾部还拖着三道白色的雾，轰鸣声从天空传了下来，就像一张巨大的网，从四周山崖围割的一片空中垂落了下来。

我心里想着，这女人是厉害，有这样呼风唤雨的本事。紧接着，更为奇特的一幕出现了：一位穿着高跟鞋、皮短裙的女人从空中落在山崖上方，而后，她顺着羊肠小道走下来，脚跟还崴了一下，但瞬间就调整了过来。很显然，这位空降者就是刚才屋内那位呼唤海霞、海魂的女子了。这女子我似曾相识，是原单位的同事Y。

看到这样一个场景，我大概是沉默了，或许是惊呆了，心里瞬间就明白了：这地方的人真是厉害，有魔法啊，天兵天将的，呼喊一声就来了。我倏然也感到，在这样的环境里与他们作对，就显得太孤独无助了。想拿回那些本属于你东边区域的小鸟，太难了……

回到现实中来，超人女子与飞机都好理解，背后都有权势支撑。可令我费解的是D，他是专业技术精英啊，与我同道的，应该好沟通的，可他为何阻止我的合理要求呢？我在梦中都感觉到了他举止的反常。

想来想去，想起一件事来，有一年，单位来了位外行领导，可他又不想在公众场合露丑，于是就找到了D说：我是上级派来的，以后嘛，我在台上唱，用我的嘴巴，但得用你的脑袋。也就是说，你在背后给我当参谋，给我出思路，写讲话稿。

遇到这种情况，一般业务人员是不好抗拒的，大都会顺从做了权势的附庸。可D毕竟是有思想的人，说白了就是有独立意志。若干年后，D对我说：那位新头想用我的脑袋武装他的嘴巴，我考虑好久，觉得不能干。他讲错了没事，但我如果有一次不小心出了错，那就惨了……

D不久就找个借口调离了。梦境中的D显然不是现实中的D，但是现实中这一类现象的缩影，一个替代。超人之所以厉害，就是能够把现实中的D变为梦境中的D。

2010年12月20日
2020年2月修改

赏析

超人，在很多人看来是拥有超能力的人，或能量巨大，或精力旺盛。本文中的超人，具有怎样的本领？我们一起来看。

梦中，一只鸟从"我"居住的东院飞到西院；鸟下了一窝小鸟；"我"去看小鸟，小鸟却想要攻击"我"；"我"想要把小鸟送还给鸟妈妈，"我"的同事D出来阻止"我"，甚至不惜拿着木板阻止，和"我"翻脸；"我"所在的小屋到了山崖边，一个女人从飞机上下来，有呼风唤雨的本事，这个女人也要阻拦"我"；"我"担心自己保护不了那些小鸟，感到与他们作对，太孤独无助了。

本文中的"超人"指的是谁？指的是从飞机上下来的可以呼风唤雨的女子。"超人"阻止善良的"我"去帮助小鸟找鸟妈妈。在梦中，作者很有正义感，想要帮助弱者小鸟找回妈妈；但遇到阻力，有同事D的阻拦，有超人女人的威胁。作者反思：现实中，D是个很有思想的人，不屈从权威，不愿意违背自己心意做事。但这样的D，在作者的梦中却成了恶势力的拥护者。作者感慨："超人之所以厉害，就是能够把现实中的D变成梦境中的D。"

本文中的"超人"寓指着什么？寓指权势，权势把一个正直的人变成为虎作伥的软骨头，这才是最可怕的。权势的强大，让人生畏、屈服，让人失去自我。

作者显然在忧虑现实，我们应该做一个怎样的人？

我们应该遵从心灵的选择。可是，当权势压来的时候，怎么办？对个人来说，大多数人可能选择逃避，就如文中的D，找个借口调离了单位。可是，下一个单位如果还有这样以权势压人的领导，怎么办？我们又能到哪里？最好的办法，莫过于把权力关进法制的笼子里，节制权力。如此，人们才可以呼吸自由的空气，可以遵从心灵的自由，做一个有思想、有自尊的人。

（姚红红）

飞 人

我在公路边等车，而后乘车盘山而上。在山上，似乎要带着别人送的一只大鸟下山，可是我抬头看到就在右边山壁上的一个洞口处，有长着羽翼的人站在那里，那样子似乎就像跳水运动员即将跳水一样，不过是要飞将起来。果然那人就弯腰屈腿一跃，飞离了山洞。正当我感觉好生奇怪时，又有一飞人从那山洞口飞越而下。那场景真是有些奇妙，飞起来的人体上竟然长着伸展的羽翼，犹如大鸟一般。

我的视线随了飞人移动，但见他们并没有向上飞起来，而是向下滑翔，而后落在山沟的河流里。那河流就在我所站着的山坡下面。落水之后，飞人的身体居然顺势一变，成了一个浮在水面且泛白的物体，犹如橡皮人，没有了生命。恰好橡皮人附近的河岸边站着一个小男孩，我就连连对着孩子喊：快抓住它！橡皮人在水里缓缓浮动，当漂至岸边时，小孩用手在那泡沫状的东西上一压，它就不动了。看到小孩抓住了飞人变成的橡皮人，我也赶忙下山，跑至孩子身边。此时，已经有人帮着孩子将水中的橡皮人捞了起来，可转眼间，那橡皮人居然又缓慢地盘曲起来，仿佛是在盘曲中一点一点地幻变，就像一条大蛇盘曲起来一样。

之后，盘曲起来的这一莫名其妙的东西，不知为何又被装在一个大大的鸟笼子里。我突然想到，这难道就是我要在山中寻找的大鸟吗？而此时的我，手中拎的那只鸟笼子顿时感觉沉甸甸的，低头一看，里面竟是一条盘曲得让我感到不舒服且有些恐惧的蛇……

——在上述梦境里盘山而上，该是曲折人生的凝缩，在山头看到的当是回首往事。人生有点类似攀登，谁都想多看看自然的美景，也都想收获一些奇珍异宝。数十年前，一帮同龄的年轻人，谁不是满怀未来的憧憬？谁不梦想着站在山顶展翅飞翔？可弹指间，鬓发斑白，站在山顶，看到了另类的生命轨迹。本该欣赏一番天空中悠闲翱翔的大鸟，而后拎了喜悦的收获慢慢走下山去的，却看到了最悲凉的一幕：从山崖上冒险飞起的飞人，却滑落在幽深山谷的水中，变为毫无生机的橡皮人，这无疑是人生的一场悲剧吧？不仅如此，悲剧继续撕开了给你看，橡皮人竟然又幻变为盘曲在笼子里的蛇。蛇是多么神奇的一种动物，古人将其视为神灵，它嬗变，甚至可以死而复生。然而，它居然蜷缩在笼中，令人恐惧，且不愿接近……

哦，睡觉之前，我看了一段电视，是讲述水鸟的生命历程。它们出生在海边陡峭山崖的缝隙里，还不等羽翼丰满，就得学着父母的样子，扇动着只有绒毛的小翅膀从山崖壁上飞落而下，有的会跌落在半途的石头上摔死，幸运者会落在海里，就此开始了求生的历程。可即使是那些幸运者，其中也只有更为少数的幸运者可以艰难地生存下去……

动物界的生灵大抵如此。可人生呢？

2017年2月11日
2020年2月修改

赏 析

人生路途漫漫，多少人能保持初心不改？多少人能做到善始善终？多少人能实现自己的梦想？本文中的"飞人"给我们带来了很多联想与思考。

梦中，"我"乘车盘山而上；"我"看到一个长着翅膀的人在飞；但那人没有向上飞，而是向下滑翔，掉到水里，成了没有生命的橡皮人；橡皮人蜷曲起来，变成了一条让人恐惧的蛇。

梦境是离奇的，是有它的寓意的。作者解析这个梦，梦境中的盘山而上，就如人生路，冒险飞起的飞人变成橡皮人，是一种悲剧；最后变成冰冷的令人恐惧的蛇，更是让人为其悲哀。

漫漫人生路，我们应该如何走？屈原说："路漫漫其修远兮，吾将上下而求索。"屈原追求的是明君贤相的路，追求的是强大楚国的路。屈原保持自己美好的节操，不愿意与小人同流合污，最终在孤苦忧愤中投汨罗江而死。屈原选择的路，无疑让我们敬佩。文中的飞人，他们也曾有远大的梦想，要爬到山之巅，要阅览人生美景。但一步走错，步步错，冒险飞翔，没有羽化成仙，反而成了没有生命的橡皮人。没有情感的橡皮人至少不让人厌恶。但他们继续堕落成冰冷的蛇，则让人非常恐惧，乃至厌恶。这，是一个悲剧的人生。

我们的人生应该如何走？在人生的路上，我们初心不改，勇往直前；我们不随波逐流，不谄媚求荣；我们积极上进，坚持自己的做人原则；我们正直、善良、充满活力。

可能很多人说，理想很丰满，现实很骨感，谁也不是天生的恶人，要活下去，就要适应环境。我想无论环境如何，无论他人怎样，我们都不能去害人，做人要有底线。我们即使不能做一个成功者，那么做一个普通人也罢，做一个平凡人也好。因为，社会正是由千千万万的普通人组成，我们做一个平凡而不平庸的人，为社会贡献出自己的一份力，也是一种成功。

我们做这样的飞人，是不是也能飞达自己的目的地呢？

（姚红红）

考 试

该死的考试，也不知多少回了，一次次地出现在我的梦境里，每一次形式都不相同，但在梦境里带给我的紧张、焦虑的心情是一样的。

这一次，周边的环境是灰色调的，没有什么光鲜或色彩。准备着一同去考试的人大都印象模糊，其中有一位是小学同学L，还有一位是大学同学M。都过去几十年了，这两位毫不相干的同学怎么又会与我聚在一起去参加什么考试呢？我也不清楚，梦境里好像也没有产生一点疑问。

我们准备乘车去一个什么地方参加考试，心里悬浮着一种久违的紧张、焦虑与逆反混合的感觉。这种感觉又仿佛是弥漫在你眼前的闷热的气流，挥之不去。先来了一辆老式公共汽车，有些人上去先走了。我从屋里往外走，这时有一位弱小的年轻女子也尾随着我，我不认识这个人，她却执意要随了我一同去参加这场不知名的考试。我对她说：你不是我们这一伙的，不要去了。但她并没有停下脚步来，我便高声地阻止她前去……

汽车还没有来，我们便在一间屋子里做准备，每个人都仔细检查自己左胸前的一块纪念章大小的标记，那标记仿佛是灰色天气、深色服饰、忧郁面孔背景里唯一醒目且有色彩的东西。我知道这个小小的标记就是参加此次考试者的记号，或曰准考证也可。看着周围的人胸前佩戴着一样的标记，我内心有说不出的一种滋味，反正是不舒服，感觉仿佛是被牧人驱赶的躯体上打了烙印的牛马——这或许也是我一直以来对考试怀有逆反心理的潜在原因。

不知怎么搞的，我的标记松动了，若是不缝牢好像就会掉下来。我居然鬼使神差地匆忙请L同学帮忙，要他为我缝好那个该死的标记……

汽车缓缓地开来了，就要停靠在那个有站牌的地方。我在车站附近，突然想起来刚才那位尾随着我的瘦弱矮小的年轻女子，此时的我莫名其妙地改变了主意，竟然怕她误了考试，且开始高声呼喊她，用意就是让她与我们一起乘车走，去参加考试。鬼晓得我在梦里怎么喊她，因为梦醒之后我也想不起她的名字，而且她的面孔也是模糊的。

只见我的一些同学与那位弱小女子一起从车站背后的那排平房里走了出来，他们个个带着忧郁的面孔，仿佛被一只无形的手在引领着，向我这边缓缓走来……

梦醒之后，也说不上就是一种解脱的轻松，只是躺在床上静静地回想。临醒来之前，我甚至并没有渴盼着以醒来摆脱考试的焦虑，尽管那种焦虑在梦中始终弥漫在心灵。

通过考试这道门槛去获取什么功利，在现实中已经离我很远了。可为何它如今又会出现在我的梦境里呢？我思索的触角伸向现实，寻找对应的关系以及此梦的诱因。很快，事实上是还没有等到我去抽丝剥茧般地分析"破案"，内心直觉就找到了答案。它应该是证据收敛推理后所剩下的那个"唯一"。

几天前的一个早上，一位老总邀请我参加一个会议。之前，他曾多次邀请我参加公司活动，我知道这是他在一步一步地拉着我进入角色，想聘请我为他效力。出于礼节，我没有拒绝。但当我坐在该老总的会议室之后，那些专家们滔滔不绝的发言里所冒出的陌生的科技词汇与英文缩写字母，慢慢地向我围拢过来，直至将我逼退到感觉自己已经是一位落伍者。一场全新挑战的暴风雨的气息在头脑里弥漫。一天下来，让我感到非常疲惫。一种潜在的看不见的压力在向我悄然逼近，这个会议应该成了此梦的诱因。

在梦里，与我为伍的考试者是小学与大学同学，而小学与大学恰恰是我考试压力最大的两个阶段。那些紧张又焦虑的考试前后的体验，并没有随着时间的流逝而消失，它们居然储存在我的大脑深处，作为一种参照物而存在，当你有类似的经历或体验再次出现时，它们居然跳将出来，让你忆苦反思。逆反是人的天性，当你面对巨大压力时即使行为顺从，心理也会排斥并留下记忆。这种逆反心理或许是好事，它会逼着你思考，而不会茫然走过。

梦中那位弱小的年轻女子又是谁呢？或许她正是我当下看到的身边学生的缩影，"应试"教育仍然是他们的宿命。她尾随着我们，几乎走着与我一样的路子。我提醒并好意劝阻她：你不是我们一伙的，不要去了！但没有用，她仍然必须得走考试这座独木桥才能过河。考试是必须的，但应该是唯一的路径吗？若考试像一张无形的网悬在学子头顶，那兴许也限制了他们的想象与激情……

2014年11月27日
2020年4月修改

赏析

考试，是很多人心中的痛。无论是成绩优异的学生，还是成绩较差的学生，在面对考试的时候，都会紧张、焦虑，有压力。以至时隔多年，当我们在工作生活中遇到压力的时候，考试就会溜进我们的梦里，让我们再次感受到紧张焦虑。本文是一篇关于"考试"的文章，但不仅仅是在说考试，它还讲了哪些内容？我们一起来看。

梦中，"我"准备参加考试；与"我"一同参加考试的有小学同学和大学同学，我们准备乘车去考试；同去的还有一个年轻女子，"我"试图阻止女子去参加考试；汽车还没有来，"我"检查准考证；汽车来了，"我"又想叫那个女子和我们一起去考试；参加考试的人一脸忧郁。

本文中的"考试""年轻的女子"是有象征意义的，它们象征着什么？

作者梦中考试的情境在很多人梦中也出现过：要不赶不到考场，要不忘带了准考证，要不看不清试卷，要不别人都交了卷，唯有自己还很多题没有做。总之，梦中，紧张、焦虑、抓狂；梦醒后，长舒一口气，幸好是梦。就如本文中作者反思自己梦到考试的原因，与近来工作上的压力有关。现实中，我们也是这样，工作中有大大小小的挑战，等这些挑战超越了我们能力极限的时候，我们就会紧张焦虑。由此来看，"考试"就象征着我们生活工作中难度大的事情。

年轻的女子在文章中出现了三次：第一次，梦中的"我"不想让她参加考试；第二次，梦中的"我"担心她误了考试；第三次，梦醒后，解释那个女人的象征意义，女人是无数年轻学生的缩影。这说明所有人，无论在哪个阶段，都存在各种形式的考试，无人可以替代，但作者对考试的方式也有疑虑与思索。

既然考试是必须面对的事情，我们如何面对焦虑？焦虑只能自我释放，既然压力不可避免，不可替代，我们只能迎难而上。让我们树立终身学习的理念吧，不断进步，勇敢思考，相信随着德智体美劳教育理念的倡导实施，学生的路子会越来越宽广。

（姚红红）

楼梯上下

记不清楚是早晨还是黄昏，大约是黄昏，我顺着大厅内一个旋转楼梯往上走，此时看到在上一层的平台上，我曾熟悉的D用一只手抓着H的孙子的脚踝，使那孩子头朝下倒悬在空中，下面是空空的大厅地面。H也是我曾经熟悉的人，他的孙子有七八岁的样子，只听得孩子恐惧地大喊大叫，而D仍然在那里拎着孩子一上一下地做着恐吓的动作。孩子与D的表情印象模糊，只是动作和声音异常清晰。看D的样子，似乎是在做一种恶作剧。

我立即意识到这是一种非常危险的行为，即使是玩笑也绝不该做。我一边往上快步跑，一边不停地高声喊着：快停止！危险！但就在我高喊的过程当中，只听到那孩子在一声拖长的惨叫声中坠落了下去。我浑身立马被惊吓出了一身冷汗，腿都有点软了，但还是快速地跑上去。但接下来看到的却是一片茫然，既没有看到那个平台，也没有看到D……

不一会儿，场景变换，我在居住的院子里看到了那孩子的父亲，他骑一辆较小的自行车从我身边转过，我仔细地看了他一眼，心中还有些纳闷他脸上居然没有悲伤、恐惧或怒气，难道不知道自己的孩子出事了？

我居然没有被孩子坠落的那一幕惊醒，而是继续游走在梦境变幻的场景中，但接下来的内容模糊了……

梦境中，D为什么要对一个孩子做出如此残忍之举呢？回忆那个情节，D似乎是失手所致，他无力控制倒吊孩子的挣扎，故酿成悲剧。可无论如何，D的这种行为毫无人性可言，极其野蛮残酷，更像是一种病态表演，用孩子的恐惧作乐。

现实中的H比较低调，为人也算随和，并没有因为过激的行为得罪过什么人，那D对H的孙子的做法显然是在伤及无辜，似乎是一种疯狂的报复。这无疑让D在梦境中的夸张表演令我极其痛恨且厌恶。当然，D在与我的现实交往中，并没有此梦境中那般残忍至极的表现，但确实也是一个善恶界限不大分明的糊涂者，这一点让人对他心怀戒心。哦，想起来了，最近他还非常严重地欺骗了我一次。难道这些平日里印象的叠加，竟然如此生猛，居然让D从我的潜意识深处跑出来时，变成了这样的一个形象？

被人告密或欺骗，让你很无奈。告密者是隐身的，你可推断大致是谁，却无法反击。至于欺骗，有时候碍于面子，还不好当面戳破，只好忍一忍就算了。但潜意识的感觉并非如此，它没有那么容易就忘记，或许在梦中要火山爆发一次。真是委屈D了，居然被我的梦变形夸张了一把。

释梦的线索最终落脚在梦中的那段楼梯上：D虽然处于比我高一层的位置，但其行为实在是低下，还不自知。而我虽然身处D所在平台的下端，却是扶着栏杆往上走，且面对残忍一幕立即做出了反应：高喊并往上跑。我为自己在梦中的这一表现而深感欣慰。多么明显的一个反差——恶坠落而下，善步步向上……

2016年10月3日
2019年4月修改

赏 析

梦境，在很多时候是对现实的夸大、变形，但与现实又有千丝万缕的联系。本文中的人物D就在作者的梦里变了形。作者想要借这个人物表达怎样的感情？我们一起来看。

梦中，"我"顺着楼梯往上走，"我"熟悉的D站在上一层的平台上；D抓着H的孙子的脚踝，让孩子倒悬在空中，"我"立即制止；那个孩子惨叫着从楼上坠下去，"我"吓出一身冷汗；之后"我"看到孩子的父亲没有悲伤、恐惧或怒气。

作者梦境里D的行为，让我们感到毛骨悚然。D怎么能做出这样残忍的事情？作者交代，现实中的D是一个善恶界限不大分明的糊涂者；作者被D欺骗过一次。由此来看，现实中D这个人物不能说是好人，但也算不上是十恶不赦的大恶人。

现实中，D这样的人很常见，他们对是非问题左右摇摆。一旦涉及他们的利益，就变得面目狰狞，穷凶极恶，就成了作者梦中D的样子，让人恐惧愤恨。

梦中的孩子遭到重创之后，他的父亲居然无动于衷（倘若知情）。这就如现实中，一些人的利益遭到侵害，甚至是遭到致命的打击，但他们选择了沉默。对于这些不能捍卫自己利益的人，我们或许会哀其不幸怒其不争。但这样的人还少吗？或许我们就是其中的一员。当我们的利益遭受侵害时，我们该怎么办？是忍气吞声，还是奋力争辩，维护自身权益？

本文的题目"楼梯上下"有寓意：身处不同层次的人，身份高低不一样的人。正如文中所说："D虽然处于比我高一层的位置，但其行为实在低下，还不自知。"

我们应该做一个怎样的人？无论身处何地，都要不卑不亢，向上向善！

（姚红红）

枪与乐器

我走在河岸边，对岸距这边有百余米，也有人在走着。河道中间有一条小河在流淌，两边河岸上是石头滩。

我顺着河岸往山坡上走，对岸的人也在上山，怪异的是只见其中有人将一条鞭绳从山坡上甩出，就像一条长长的绳子盘旋着落下来。而后，那人一提鞭杆，鞭绳就旋转着升起来被提走了……

没有过渡衔接，我从河岸走进一个村庄。此处荒僻，看不到人，小巷路面的石头被岁月磨得甚是光滑。前边不远处有一个简陋的小院门，我从后门走想进院子，可能是想抄近路。但忽然有一只半大老虎从院墙高处跳将下来，挡在了我与那小院门之间。我立刻转身往回走，哦，一只狮子不知从何处冒出来，就蹲在巷内，距我不远。我当然非常恐惧，奇怪的是这些猛兽看上去都没有攻击我的意思，既没有吼叫，也没有龇牙。但我内心非常清楚，决不能靠近它们……

我不知道是如何摆脱了狮与虎，场景转换，我走到了另一个村庄。这个村子更为荒僻，就像一个古老且被人遗弃的荒村。村内道路泥泞，有不少死鱼斜躺在泥沼里，或露着鱼头，或露着上半截。有的鱼还张着圆圆的黑洞般的嘴巴，没有光泽的眼睛与雪白的肚皮在泥水里异常醒目……难道是一场特大洪水刚刚从这里退去？我踩着泥沼吃力地走着，感觉这里就好像是一个原始的村落，呈现在眼前的凄冷画面之前从未见过，似乎与我的经历无关，且与我隔着无法推测的年代距离，倒好像是另一个时空的画面。我的内心十分疑惑，我一个现代人怎么会走在这里？

我靠着这村庄街巷的墙边上走，因为路上的泥沼很厚。走到了一条小巷内，与一些人说了什么话。居然碰到了人，但他们是模糊的，说了什么也记不清了……

就是乘飞机也没这么快，场景转换，我又到了一个似乎是曾经工作过的单位，一位领导在办公室坐着，他好像让我等待两个小时。我耐心等待，看到远处地面上有一个长的且略带弧形的箱子，我想那应该是放乐器的。时间到了，我竟然走到箱子前，打开一看，里面是一条长枪，比一般的步枪要长许多，木质枪托为红褐色，非常漂亮。虽然在我的视觉里呈现的是一支枪，但我感觉它是一件乐器，能够奏出音乐来的。我感觉是吉他或者是小提琴？实在无法回忆起来了。但视觉与感觉的错位是记得很清楚的。

有位女士给我打开一间弧形的办公室，里面空荡荡的，她说，这间屋子腾空了，你以后可以在这里练习。Z或许是位大管家，也走了过来，他看着我的办公室，并问我有关人员的电话……

上述梦境颇为奇特，将原始般的荒村与我的工作场所勾连起来，它是在提醒我吗？应该是，它在说你即将进入的这个工作场所的背后有荒僻的村庄，其小巷之内有狮虎，也有泥泞的道路。当然，这些意象是由我以往留存内心深处的潜意识碎片幻变而成。至于那个更为久远的原始村子为何跑到此梦之中，它或许不是来自我的记忆，而是可能来自"人类记忆"，梦有这种复杂且神秘的现象。

梦里，工作场所的大管家Z问我有关人员的电话干什么？我有点奇怪。哦，我想Z或许是在试探性地问我，如果到了这间空荡荡的弧形办公室内，今后会用那把枪干什么吧。可我更愿意相信我的直觉，那把他们眼里的枪，在我看来应该是一支笔的夸张形态，我是想着用它写出带有音乐旋律的文字来。

2011年1月17日

2020年4月修改

赏析

  鲁迅一生以笔为枪，他的杂文像匕首像投枪，剖析着黑暗的社会，带给追求进步的人们以希望和力量。本文中别人眼中的"枪"，在作者看来也可以化作"笔"，化作"乐器"，奏出美妙的旋律。这是怎么回事？

  梦中，"我"走在河岸边，河道两边是石头滩；从河岸转过，"我"到了一个村庄，看到老虎和狮子，对它们，"我"不恐惧，但也不靠近；村庄荒凉冷僻，犹如远古村落，"我"看不清人们的面孔，也听不清他们说的话；"我"到了一个办公室，等待领导，"我"看到一支枪，但"我"感觉它是乐器，可以奏出音乐来……

  作者梦中的事物似乎荒诞离奇，再看后文，我们就知道梦中的场景来源于他以往职场的记忆，以及近来他的意识动态。如此一来，我们就可以理解作者梦中事物的象征意义。

  作者梦中的事物很多，从河岸到村庄到办公室，从鞭子到老虎、狮子到面目模糊的村里人，这些都与作者的职场环境有关，他面对的是复杂的人际关系。老虎、狮子，象征比较厉害的人物，可能是权高位重的领导，也可能是性格暴躁的同事，需要敬而远之。古村落的荒凉或许来自作者以往的记忆，具有象征意味。那么，如何对待新的工作环境？尽快适应，悦纳新环境；同时做好自己，不卑不亢，将枪变为笔，变为动听的音乐。

　　本文中的"枪"有何寓意？"枪"在文中变化多端，一会儿是乐器，一会儿是笔。对于文人来说，笔就相当于武器。作者要用这支笔写出动听的乐曲，就如同写出真善美的文章。

　　本文意象跳脱，但又相互关联。人生也是这样，事物之间看似各自独立，却又相互联系。我们身处社会，不只是要做好自己的事业，还需要与人为善，处理好人际关系。在愉悦的氛围中工作，才能有高效率！

（姚红红）

士兵与丑陋的老猫

黑夜,我走在一条小路上,路左边有略低于我的围墙,透过一个豁口处,我看到河对岸高处有类似于城墙的黑影,底部黝黑,高处透空,还有碉堡。猛然间,在那城墙的透空处,我还看到一个背着枪的士兵黑影,他的头盔偶尔寒光一闪。我伏在石头围墙边上盯着那士兵仔细观看,只见他拿下了枪。他拿枪对着哪里,我看不清楚,但我心里有些恐惧,心想他要是瞄准这边,我就有被击中的危险。于是,我俯身在一块大石头后面。

我想着还是顺原路往回返,于是回头跑起来。路左边是石壁,但恰好遇到一个缺口,有石梯可以上去,里面是家住户。刹那间,对面射过来刺眼的白光,显然是有汽车来了,因为我还听到了隆隆的声响。我一看,脚下的路就仅能够容纳一辆车的宽度,而右边石头墙外即是河岸陡崖,便迅即拐进了身旁的缺口处。

不一会儿,在一个小院子内,我坐在了一个悬空的木架子上,周围也是有些人的。不知何时,架子下面出现了一只老猫,它的样子很丑陋,嘴边还有一道伤疤,想必是哪次搏斗留下的纪念。它居然跳起来咬住了我的手指,我使劲地摆脱,并且用脚去踹它,当它松口时,我的一根手指被咬开了一个血口。它还在往上蹿跳着,企图再咬旁边的其他人。我高喊着,让其他人用棍子驱赶它,或敲它的头部……

暗夜,城墙与碉堡,背枪且戴钢盔的士兵,狭窄的小路,开着刺眼大灯的汽车,将你逼在一个非常狭小的空间,最终还跳出一只丑陋的老猫来攻击你，这就是梦营造的一个让你可感可触到恐惧的氛围。丑陋的老猫就在你走投无路的地方等着你，更像是一种埋伏，周围的一切都与它有关。我肯定在某个时间段的某个环境里感受过如此这般的氛围，且有观察与突围，也有创伤与自卫，这一切均被吸附于我的感觉记忆。

记忆是零碎且具体的，全都位于地面，属于个人，而梦境却往上飞，幻变为抽象的象征之鸟，掠过众人的视野……

2011年11月
2020年4月修改

赏 析

现实中一些不相关的事物，在梦中会以奇怪的方式连接到一起。正如本文中的"士兵"与"老猫"。他们进入作者的梦境，让他恐惧。这样的梦对我们有什么启发？

整个梦境，作者在恐惧、逃跑中度过。文章一开头，展现的是黑夜场景，渲染了一种恐怖、凄森的氛围；引发了读者的阅读兴趣，想要继续看下去，作者接着会梦到什么。梦境里的"士兵""汽车""老猫"让人不寒而栗，毛骨悚然。

本文的题目"士兵与丑陋的老猫"有何含义？"士兵"和"老猫"之间有什么关系？寓指什么？暗夜、城墙、碉堡、士兵，这是一种战争的氛围；猫，伏击者的象征。黑夜就如同艰难前行的人生困境，谁都不可能总是一帆风顺，有的时候危机感如影随形。

面对人生困境，怎么办？面对梦中的"恐惧场面"，"我"想要摆脱，却无计可施，只能躲避、突围与奋起自卫。在现实生活中，我们面对人生困境怎么办？我们或许会逃避，但更需要迎难而上。无论是怎样艰难的困境，无论是怎样强大的对手，我们都要想办法去面对和解决，因为逃避解决不了任何问题。面对困境，我们要有挑战的勇气，但必要的回避、突围亦是解决的办法之一。只有走出困境，才有一番新天地。

　　各人有各人的困境，各不相同，具体写来或许难以引起别人的注意或共鸣，本文的妙处所在是描述了一个具有象征意味的梦境，它可感可触，让读者感同身受，如临其境。它的象征蕴含了别样的意义，于是便给读者提供了想象空间。文章的结尾点明：记忆是零碎且具体的，全都位于地面，属于个人；而梦境却往上飞，幻变为抽象的象征之鸟，掠过众人的视野……

（姚红红）

小矮人的一箭

我在观看一场篮球比赛，是一场男队对女队的比赛，男队员个子不低，但女队员比男队员个子还高，真是有点儿奇怪。

我想从球场的这一侧到对面换一个地方去看看，当我绕过去站在球场边时——那时背对着赛场，突然远处有一个小矮人向我射来一箭，那箭穿在了我的右裤管上，箭竿上有一张纸条。小矮人用意很明显，给我发来一封信让我看。

纸条上写着让我回一封信过去，具体还有什么内容，记不清了。我倒是想着回一封信过去，可用什么回复呢？小矮人离我大约有百米远，我便离开球场径直向小矮人走了过去。到了那边，场景变了，好多人在室外排着队，还有人坐在地上，面前放一个小桌，桌上摆着一个个很大的饭盆子，盆里好像是带肉的汤面类。我心想，这里的伙食不错嘛……

场景又变，我乘车到了曾经居住过的一个大院门口——数十年前的居住地。下了车，我注视着刚刚乘过的奇怪的车，它有点像赛车，前面是子弹头状的流线型，只有后面有门，感觉怪怪的。我背了一个双肩挎的背包，从大门走了进去，好像挺着胸膛蛮得意的样子。周围有人羡慕地看着我。我要回家去看看，此时，突然想到来此大院是要特意看望我的父亲。

父亲不在家，而是在大院外边街对面的一个旅馆内。我似乎是想起来的，之前什么时候将父亲放在了旅馆内，又忽然想到了那里条件简陋，并不十分安全。我走进旅馆，在一个房间内果然看到父亲坐在一个大通铺上，旁边还有一个跟随他的人，但是谁不清楚，此人比较瘦小。原先对这里不十分安全的预感立即得到了印证，父亲的旁边竟然还围坐着四五个满脸横肉的家伙，他们的眼珠子飘忽不定，但又都不时地聚焦于父亲。

他们要干什么？那表情与架势简直就是包围了父亲，要谋他钱财的样子。我与父亲开始对话，用的是暗语，就是周围几个家伙听不懂的话。那暗语究竟是什么语言，我与父亲怎么说的，简直是无法想得起来。但彼此表达的意思还是大致可以想起来的，我主要是询问父亲是否身上带有贵重物品或钱。从对话中得知，父亲身上没有带什么贵重物品或钱，我也就放心了。

我拉着父亲的手一起走，我们要离开旅馆。我边走边侧着身子斜视着后面，因为心想那几个家伙若真是惦记着父亲的钱财，他们也会随即起身跟着走或者采取什么行动的……

梦似乎并没有到此结束，只是之后的场景模糊了。我做这个梦时，父亲已离开我近五年了。潜意识中沉淀的记忆，今天又在我无法掌控的梦境中复活。那一年的冬天真是好冷，对我来讲恰如一场恐怖的噩梦，父亲突然病重，在人生的最后一站，居然是在没有安全感的旅店里，当然梦中的旅店肯定是医院的象征——生命结束的过渡地段。"旅店"里自然人来人往，甚至父亲身边还有许多陌生的人。他身边的随从——自然是照顾他的亲人了，与周围几个满脸横肉的家伙比较起来是那么弱小。面相凶巴巴的几个家伙，是环绕父亲的死神，他们的如影相随、步步紧逼的强势姿态，均在梦里浮现出来，再现了我潜意识在那个冬天的细微观察。他们谋的不是父亲的钱财，而是生命。我没有见过死神，可它在我的心底留下了诡秘的倒影。

那年冬天，我是多么想拉着父亲的手，让他摆脱死神的纠缠。我

第三辑　梦境素描 / 189

又是多么想引领着他走出那个陌生又不安全的地方啊！直至今日，这个梦仍然在诉说着我五年前那个心底的迫切愿望，只是结果与当年一样——松手，而后是一片空虚的白雾……

2010年9月
2020年4月修改

赏析

本文是一篇关于"亲情"的文章。作者的父亲去世多年，但依然会时时出现在作者的梦中，让作者有机会释放对父亲的深情。本文中的梦境是怎样的？我们从中能获得怎样的启发？我们一起来看。

梦中的场景几经变换。从篮球场到食堂到汽车到院子到旅馆，似乎这些场景之间没有关系，然而却有关联，是小矮人指引着"我"离开篮球场找到了"我"的父亲。

梦中一切皆有寓指，通向我们心灵的最痛处。本文中的"父亲"就是"我"内心深处的痛。"我"在篮球场看比赛，然而，一个小矮人却带"我"离开，将"我"带到父亲跟前。就如现实中的我们，我们快乐地生活，过去的伤痛似乎已经了无痕迹，然而某个时候某一个触点开关，就联结了我们的神经系统，让我们的思绪回到从前，一种彻骨的痛会弥漫全身。本文也是，"我"看到父亲在简陋的旅馆，其实就是在医院。医院病房与旅馆房间有雷同之处。"我"想要带父亲逃离旅馆，其实是"我"想带父亲逃离医院，逃离死神的威胁。这种亲情纠缠的痛，让每一位读者动容。世上，或许只有梦，可以让我们穿越生死，与亲人相见；只有梦，能赋予我们超能力，去实现现实中无法做到的事情。

本文结尾处，作者用抒情性的语言表达对父亲的思念和愧疚之心，"那年冬天，我是多么想拉着父亲的手，让他摆脱死神的纠缠。我又是多么想引领着他走出那个陌生又不安全的地方啊"，可谓字字血，句句泪，让读者读罢情难自已，泣下沾襟。

我们常说"树欲静而风不止，子欲养而亲不待"，让我们在父母有生之年，好好孝敬父母！

（姚红红）

意象组合

我醒来之后,梦境的画面仍然简单而清晰,在这画面之前一定还有前奏,但是一片模糊,无法回忆。梦境由两个看似毫不相关的画面组合在一起——

原单位人事处长的双手与他老婆的双手紧紧地握在一起,进而变成了彼此的手又紧紧地握住了对方的手腕或小臂。两人面容倒是平和,不像闹别扭打架的样子。但此时,我觉得他俩似乎是闹矛盾了,彼此互不相让,于是就上前紧紧抓着他们的手,算是劝阻。之后是我抑或一个别的什么人,使劲地用拳头在他们俩手掌与手臂的连接之处砸了下去,一下、两下,可就是砸不开。我看着不停地砸下去的拳头及并没有松开的手臂,似乎觉得那四只手与手臂仿佛牢牢地扭结在一起了,就像是长在一起一样。这个场景无疑告诉我,人事处长与他老婆积怨颇深,否则为何彼此紧紧抓着对方的手臂不松开呢?连有力的拳头也无法砸开呢。一开始,我很无奈,奇怪的是,我突然面对他俩,或许还有周围的什么人,说:"这点小矛盾算什么呢?你们看看我遇到的情况。"

接着我就走上台子,准备表演,拿起了一个麦克风,对着台下很多观众——居然瞬间为了我的表演冒出了许多观众,高声地演讲起来,具体讲了些什么,一点痕迹都没有留下,总之,还是讲了一小会儿,而后便被一只汗毛很重的手臂抢走了麦克风。会场即刻沉默下来,我倒是还在张合着嘴巴,但不仅是观众听不到,就连我也听不到自己的声音了。按照常理，即使没有麦克风也应该有些微弱的声音吧，但是没有，任凭我怎么使劲地喊，就是听不到声响，仿佛连声带也出问题了……

梦醒之后，我一边起床一边就笑出声来，感觉真是滑稽好笑，简直不知道它在表演什么。据我所知，人事处长在现实中与妻子恩爱和睦，并没有什么大矛盾暴露人前，更无须别人来竭力劝解。那梦中这闹剧演的是哪一出呢？

之后大概有三四天吧，每天在忙忙碌碌之中，但总有一个此梦的片段偶尔在我脑海一闪而过，似乎是在你即将忘记它的时候，跑出来给你一个影子，诱惑你尾随它的背影去猜测。它不断闪过的背影终于让我豁然开朗，我有所疏忽了，那些越是看上去简单而又让你无兴趣的梦境，就越有可能在其表象之下蕴藏着丰富的潜在意义。此梦的荒诞离奇恰恰是一种精心打扮的伪装，否则如何浮出潜意识的深水，又蒙混过训练有素的"超我"之监督呢。

人事处长与妻子，在梦中以表情平和与手臂扭结的矛盾，呈现了一个表面风平浪静而背后波涛汹涌的寓意，这岂不就是复杂人事关系的一个凝缩意象。人事处长当然是阅人无数，经历过本单位错综复杂、说不清理还乱的人际关系的。诸如招录人员、调工资、评职称、职位晋升、分房子等等，哪一桩不是惊心动魄、险象环生呢？那些众生百态的故事用文字能表述详尽吗？有的故事恐怕还不能表达。而梦境里仿佛有一位天才导演，他选用一组恰如其分的意象，让其自然组合，上演了一场耐人寻味的好戏。其梦境画面大约来源于我儿时经历的记忆，太熟悉了，两个小伙伴闹矛盾了，彼此紧抓对方不松手，于是拉架的就使劲用拳头或手臂砸他们的手臂，直至将他们的手臂分开。梦境中的情节与此相似，但又不同，儿时伙伴扭结在一起的手臂可以被第三者分开，而梦境中那四只交织在一起的手臂却无法让有力的拳头砸开。这个简单的凝缩意象简直张力无限，成为一个内涵充盈的隐喻，给我丰富的回忆与联想……

那么接下来我在梦境中被剥夺麦克风的情节，就顺理成章了，那就是不给你表达不同意见的机会。那句话更是一把解谜的钥匙了，"这算什么呢？你们看看我遇到的情况"。梦仿佛在说，你没有看明白手臂扭结在一起是什么意思吗？那接着看你自己的感觉记忆吧。面对砸不开的手臂，我被诱导着去回忆了一番无声的发言。

好了，就此打住，说得太多，就稀释梦境的浓度了。

2017年5月13日
2020年4月修改

赏析

每个人都是社会人，都在扮演着不同的角色，我们应该如何处理复杂的人际关系？我们如何做好自己？本文中的梦给我们一定的启示。

梦中主要有两个场景：处长夫妻发生矛盾，"我"劝架无果；"我"演讲，被人抢走麦克风。梦中，处长与他老婆的手紧紧握在一起，两人的面容平和，给人以夫妻和睦的假象；但"我"知道他们是有矛盾的，他们是在暗中较劲。这个场面多像现实中的很多夫妻，在外人看来，似乎夫唱妇随，一派和睦；暗地里夫妻的关系早已降至冰点，接近崩溃。这个场面更像一个隐喻，其矛盾状态即是作者经历复杂人际关系的记忆。我们也可将其视为一幅讽刺某种社会现象的漫画。梦中，"我"演讲，有很多观众；"我"的麦克风被人抢走，观众听不到"我"的声音，"我"也听不到"我"的声音。这个超现实情节让我们震惊。这样的场景多像现实中我们遇到的一些事情，可能被冤枉，可能利益遭到侵害；我们想要诉求，欲表达自己不同的意见，却无人来听，甚至无法发声。这种悲凉无奈，让人心酸悲痛。

梦中的两个场景，在现实中都有可能有发生。它让我们从中窥视到一种社会现象，逼着我们思考，如何面对复杂的人际关系？或许你迷茫，或许你不知如何发声，这些人际关系的恰当处理，都是学问。成功需要天时地利人和，没有人生活在真空中。独善其身，似乎很难。但无论如何，我们需要有自己的立场，不随波逐流，不落井下石，不谄媚求荣；但也不能让自己陷入绝境。很难吧？是的，很难。

再难，我们也要做好自己，有底线，有自尊。

（姚红红）

我的手表丢了

在街边的大阳伞下，有一个卖小食品及饮料的摊子。我要买什么东西，将几枚硬币——大概共计七分钱，递给了卖货的小姑娘。她居然怀疑那些硬币是假的，迟迟不肯给我东西，也没有还给我钱。我急了，与她说，这样的小钱怎么可能有假呢，若是出现了不流通的三分六分的硬币，那倒有可能。

但她就是不肯认这些硬币。我看到旁边有两位熟人，便上去攀谈，同时将此事说与他们听。不一会儿，转身一看小姑娘不见了，我喊她，仍不见踪影。听得有人帮着喊李科长。我想，小姑娘还是个科长？此时，路边马路牙子上坐着一位胖胖的中年男子，我猜想他是小姑娘的老板，就对他说，反正也没几个小钱，你把钱给我，我走人不买了。没想到他很痛快地给了我几枚硬币，我转身一边走一边掂在手里看，硬币尺寸大、面值高，远远多出了我的七分钱。我便返回去告诉他多给了我，他说没有啊。这让我很纳闷，明明是他多给了我，为何硬说是没有呢？奇怪的是，他紧紧地随了我走，且悄悄地告我说，他的头想调离这个地方，请我帮忙……

我急于离开这个地方，因为突然发现我的手表不见了，我记得曾经在前面不远处的两个旅馆住过，我想前去一一查问、寻找……

人生在世不过是白驹过隙的一瞬，但人过留名，雁过留声，好多人还是竭力想使自己的一生过出开花般的意义来。我一路走来，自然有内心的方向，但最要命的就是感觉时间不够用。时间真是吝啬又无情，它在你赶路的途中漂白你的黑发，让你面对黑夜感慨万端：我的时间都去哪了？还有沿途无意义的纠缠与诱惑，都会影响你前行的速度，并让你事后懊悔与焦虑。梦中，我路过一个小摊，不过是想买点小吃饮料，就像一个匆匆的过客，却意外地发生了一系列的插曲，它使我在那里滞留了太久，而所耗费的时间与我的目标毫无关联。我急于想离开那里就是摆脱琐碎的纠缠与诱惑，好去赶路。

只有跳出那个"小摊子"的范围，我才能发现自己的手表丢了，也就是自己的时间丢了。想着去寻找，算是有所醒悟。

2016年5月27日
2020年4月修改

赏 析

获得也是失去，这句话似乎悖谬，不合常理；但若细想，又有其道理。比如本文中"我"的得失感受。

本文篇幅简短，内涵丰富。

本文发人深省的地方在中年男人与"我"的故事上。中年男人多给了"我"钱，"我"想返还对方，对方对"我"提出贿赂要求。这就如在现实生活中，你的同事或亲友，送给你一些东西，并借此提出要求。这种要求在你看来，近乎行贿。你怎么办？是把东西返还回去，还是帮对方做事？如果我们觉得为难，认为自己办不到对方要求的事情；或认为答应对方，有违自己的做事准则，我们可以把东西返还回去。这样，我们或许会失去和对方多年的感情，双方变得疏远。如果我们答应对方的要求，还是会失去一些东西，比如自己做人的准则，甚至为对自己以后的工作埋下危险。无论答应还是不答应，我们都会有损失。

面对这种情况，我们应该怎么办？做好自己，不碰高压线，有界限，有底线。这样既是保护自己，也是保护对方。

本文以"我的手表丢了"为题，结合梦境内容来看，实际是作者对"丢失了自己的时间"而感慨和焦虑。一个人要想做成事业，必须要有自己的手表——时间，这时间表里应该有理想、计划、行动、坚持等等，人生的理想目标越大，时间就越感到不够用，而与沿途"小贩、老板"的牵扯，完全与作者的目标没有关系，只能是浪费了自己追求目标的时间。作者急于离开那个地方去寻找自己的手表，就是想摆脱没有意义的纠缠与诱惑，寻找自己的人生目标。

本文是开放性结尾："我"找到表了吗？不得而知。这样的结尾引发读者思考：失去的东西还能找回来吗？找回来的东西还是我们原来拥有的东西吗？这样的结尾会给读者留下各种各样的联想。

本文在短小的篇幅里，将梦与现实联系，我们的得与失，到底是什么，可谓余味悠长。

（姚红红）

荒诞的自信

应该是在黄昏，在一间大屋子里，我坐在躺椅上或者是躺在床上，侧头看时，一条黑蛇从侧方爬行出来，随即昂起头、吐着猩红的芯子。我感到有些惊讶，但还不至于非常恐惧。

蛇不算小，小臂一般粗。此时有人用双手拿起了这条蛇，且递给一位我相识的军人朋友看，但这位军人立即后退且向后仰着脸，他的脸色因紧张而通红，嘴巴里也连连说着什么。他显然是很害怕，所以嘴巴里发出一连串模糊不清的被惊吓的声音。

此时有人走至我跟前，说让我过去试试看，意思是让我去制服黑蛇吧。我离那位军人朋友有六七米远。奇怪的是，我倒是内心没有害怕，反而觉得很有办法来办这件事。接下来更为奇怪的一幕出现了：我用双手倒立着向黑蛇的方向移动，胳膊好像不是挺立得很直，略有弯曲，一边向前移动着，一边还在轻松地唱着《北风那个吹》……

这种倒立向前的姿势无疑非常古怪，我也不清楚为何用自信、奇特的姿势加轻松的唱歌这种方式去征服黑蛇。挪着挪着，胳膊有些软了下来，终于支撑不住，双脚落了地。但黑蛇也不见了踪影，大概是被我吓跑了吧。

梦醒了，我有些内急。梦就是这么荒诞、任性，它表演给你看，有的场景与情节让你莫名其妙。它会把一些看似毫无关联的东西组合在一起，然仔细琢磨，感觉它是在费力地向梦主人——我，表达一种只可意会不可言传的信息。我要仔细观看、倾听，才能悟到它的画外之音。

　　这个梦够荒诞的，但结合自己近来的经历倒也能悟出点意思。小臂般粗的黑蛇，昂着头且吐着猩红的芯子，离我又很近，这无疑是一种临近危险的象征，或者说我就身处于危险境地之中。那位军人朋友与我有深交，他的勇敢坚毅让我敬佩，梦境中将他拉了出来扮演了一个害怕黑蛇的角色，这肯定是更进一步预示了危险的高等级。这样的危险处境，按常理任何人倘若遇到都会恐惧的，但我在梦中没有出现十分恐惧的心理，这自然与现实中我的经历与记忆有关，也就是说当我面对如此危险境地时心理上还是有点自信的。

　　这种连我佩服的军人朋友都害怕的"黑蛇"，居然有人走上前来让我去试试征服它。而我没有退缩，接受了这项挑战。如果接下来我用了任何其他常规的方式去征服这条黑蛇，比如用棍棒、铁钳或者别的什么工具等等，那都不会有我在梦中的表演更为精彩、奇绝，我的武器是倒立加唱歌，恐怕连黑蛇也没见过这种进攻方式。倒立与轻松唱歌自然来源于勇敢自信加绝活儿。反正梦中的黑蛇不见了，被吓跑了。

　　梦中的形象其实是你现实状态的倒影。面对现实中的危险困境，你若自信面对，巧妙突围，便会走出噩梦。

2012年10月9日
2020年4月修改

赏析

　　成功是人人渴望的。成功需要哪些因素？本文通过"梦境中制服黑蛇"的故事来告诉我们答案。

作者将梦中的黑蛇看作危险的象征，作者接受了挑战，并且最终摆脱了危险。梦是荒诞的，但它的寓意值得我们深思。"黑蛇"的寓意是现实中的困难。遇到困难的事情，怎么办？妥协？屈服？逃避？还是想方设法战胜它？战胜困难又需要什么条件？从本文的梦境来看：作者奇怪的姿势，轻松地唱歌，都是他战胜黑蛇的法宝。最后，作者在释梦中联想到，在现实中遇到困境或危险时，需要"自信加勇敢加绝活"，才能战胜困难或危险。

　　本文的题目为"荒诞的自信"，文中梦里的自信，在现实生活看来是荒诞的。但不可否认的是，自信是人们战胜困难、走向成功的必不可少的要素。比如：2013年新课标卷高考作文题"切割钻石"，年轻的徒弟之所以能切割开钻石，与他的自信、勇气、技术都是有关的。所以说，遇到困难或危机，要想办法积极解决问题，才是最好的出路。

　　本文运用了侧面描写和对比的手法。在梦中，作者的军人朋友害怕蛇，然而，这个军人朋友是个勇敢坚毅的人，通过军人朋友对黑蛇的恐惧态度，侧面描写出黑蛇带给人的恐怖感受，也反衬出作者的自信、勇敢。

　　所以，面对困难，我们需要有"明知山有虎，偏向虎山行"的勇气，需要有战胜困难的方法，再加上强大的自信，一定会无往不胜！

（姚红红）

滑　鞋

应该是傍晚吧。我走在一个大学校园里,环境熟悉,是我工作多年的地方。我走在一个高处,眼前的路延伸下去,两边有些零散的建筑群,有些建筑群好像是新建的,煞是漂亮。感觉学校要有什么重要的庆祝活动了。

听得身后有喧哗声,扭身一看,有学生从楼内走出来,他们兴许是刚下课。其中有一位是我的老熟人T,他走过我身边时告诉我刚下课。我感觉怪怪的,他既不是这里的老师,也不是这里的学生,就问他上什么课。他说是美术课。之后,我不再是走,而是莫名其妙地开始在路上滑动起来,而且是越滑越快,那种感觉很爽。T的背影就晃在我前面,我盯着他的背影心里想,原来他业余时间还在这里学美术,真是多才多艺。内心好像油然而生一种淡淡的焦虑,朋友们都在学新东西,你居然都不知道啊……

准确地说,我脚底下不是年轻人玩的那种滑板,而是穿着一双会飞速滑动的鞋子。它由原来的鞋子变幻而来,感觉鞋底镶嵌有不锈钢片似的。沿着向下有一定坡度的路,我几乎是像滑雪一般地飞了下去,两边的景物嗖嗖地后移。我看见前面一段较为平坦的路面上是一片水,泛着灰白色的光泽。我几乎是没有丝毫犹豫和减速地滑了上去,感觉双脚一进入水面,速度更为快了起来,而且脚底一开始几乎是贴着水底的路面在滑,很快就变为贴着水面在飞,仿佛是鞋底的钢片上有润滑油一般。眨眼间,我就滑出水面又到了前面的路上。就在滑过水面的那一段，我超过了T，他就走在路的右侧，路边没有水。好像我们彼此还打了一下招呼。

在路面上飞速滑行的时候，我并没有不稳当的感觉，就像飞快地骑自行车一样的自然娴熟，身体平衡也把握得很好，可谓人鞋合一，真是超爽的体验。可在最初滑行的时候，我好像感觉到只有右脚的鞋底镶嵌有钢片，左脚的鞋底下是没有的。即将冲入那片水面时，我还有些担心，唯恐水底的路面情况不好，而左脚鞋底又没有闪光的金属片，那没准就会减速或搁浅。可谁料想奇迹出现了，在进入水面之后，那左脚鞋底下似乎瞬间就有了金属片，非常助力，双脚轻松且飞快地滑了过去。

那段路子并不长，我很快就滑到了一个道路交叉口，这地方平坦，人比较多，周围似乎像一个小街市。我停了下来，片刻之后好像也与T在此寒暄了几句。我还好奇地抬起来左脚来看了看鞋底，果然就看到真有两条闪亮的不锈钢片镶嵌在鞋底……

梦醒之后，我为自己在梦中具有如此飞快滑行的能力而无比惊讶，这也太好玩了。在现实里，我从来没有滑过雪——正规体育的那种；青年时玩过滑冰，但也不大熟练；也未玩过滑板。唯一与梦境"滑鞋"较为贴近的形象应该是旱冰，就是脚底带轮子的那种，但在梦境里，我怎么就会穿了一双镶嵌有钢片的"滑鞋"飞滑起来呢？感觉就是体验了一把超爽超酷的运动，扮演了一回梦中"超人"。那么梦境里人鞋合一飞速滑行的形象该是一种象征了，或许它就寓意你在现实中所期待或向往的某种高难度境界。

这个超现实的荒诞梦境，让我表演了一番在现实中根本不具有的超级能力。如果我在现实中具有这样的特异功能，或者说有了这样一双特异的鞋子，那简直就是超人一般。对，或许这个"超人"正是我于现实中所追求的某种"技艺"的高难度效果。话又说回来，只有当你对自己充满自信之时，才会基于自信而做一个这样的美梦吧。

　　此梦境是让自我的表演给自己看，告诉我：不必过虑，你不必担忧自己的潜能，比如那只左脚鞋底的钢片是否具有，到时候它自然会长出来，发挥你想象不到的妙用。你的身体非常棒，你的双脚太神奇了，你还有一双魔幻的鞋子，你的飞滑技巧简直就是奇迹，甚至可以超越你的朋友T，或者让你的朋友惊叹不已。为自己自豪吧，好好地享用你的天赋，你应该充满自信地向前。

　　我觉得此梦的寓意大概如上所述。如此说来，梦还真是人生美好的一部分，我太喜欢它了。有时候，它让我陶醉其中，乐不思醒。

2020年4月8日

赏 析

　　社会急剧发展的现实，让不少人都会产生焦虑：我会不会被别人甩在后面？我会不会失去已有的优越？所有人内心普遍具有的心态，让作者以梦的形式表现出来，相信一定会得到读者的共鸣。

　　写梦，说明作者已经把梦解析完了，他已经知道每个情节的暗示、每个事物的象征。如果他只是简单地列出梦中景象，然后加以解析，那充其量只是一篇解梦作品，算是通俗心理学文章吧。但作者是奔着文学来的，文学是要讲究手法的。文学的方法主要是用形象说话，让读者通过你的描述进入你所设定的情境中。首段写熟悉的校园，"感觉学校要有什么重要的庆祝活动了"，烘托出一种热烈的气氛，你在这种氛围中，似乎也有一种跃跃欲试的冲动。这就为下文超越T的情节做了铺垫。

　　那段踩滑板滑行的情节实在生动。路是向下有一定坡度的，滑行起来不需要太大的助力；滑雪一般，景物后移，写出了速度之快；遇到水没有丝毫犹豫，很快就带着"润滑油一般"的感觉从水底跃向水面。细致的描写仿佛让你置身其中，甚至让你在恍惚之间变身成梦中人，享受着滑行超越的快感。整个过程描写得轻松、惬意，那种在现实中不具备的能力在梦中都得到了淋漓尽致的表现。

当你回到现实中再来回味这段轻松和惬意的时候，你一定会有这样的感触：一，超越的感觉是美好的，它鼓舞我们不断进取，努力前行；二，我们具有超越的潜能，在超越的过程中我们的潜能会不断生长出来，这让我们充满自信。即使在阅读的过程中我们不能清晰地表达出这样的感触，当看到后面作者的解析时，是不是也会有会心的一笑呢？

美好的感觉一定来自美好的经历，这大概就是作者"乐不思醒"的原因吧。把经历的美好生动地展现出来，就让"乐不思醒"的感受有了坚实的基础。

（高岚）

通透现实与梦幻
——读谭曙方先生的《梦海探秘》

/陈为人

看腻了当下自作多情无病呻吟杯水微澜汗牛充栋的散文庸作，看到谭曙方先生的《梦海探秘》，眼睛一亮。

谭曙方在书的序言中开门见山："这是一本有关我个人梦境的书。每个人的梦境都是独特的，其背后潜藏的是各自心灵的真相。我想穿越梦境的迷雾，探索自我内心世界的秘密。"

梦是人类特有的神奇神秘的精神现象（也许是，动物、植物有吗？）。从数千年前东方具有某种易经色彩的《周公解梦》，到二十世纪初西方富有科学研究精神的弗洛伊德的《梦的解析》，无不反映了人类对梦这一生命现象的探究和考证。

鲁迅有名言，做梦是自由的，说梦就不那么自由了。梦展示的是一个三体世界四维时空：对过去的记忆，超越时间空间的邂逅；对现时的重现，日有所思夜有所梦；对未来的预言，我们往往会在现实中蓦然感悟到，眼前的遭遇莫不是某个梦境的再现？

那个写过许多"如梦如幻"小说的现代派大师卡夫卡认为，真实的生活只是作家梦幻的反照。梦中所展现的是记忆中的碎片。一切闯入梦中的场景，不是有头有尾的故事，而总是掐头去尾拦腰截取的生活片段。梦把种种空间经历凝聚成一个超人的时间幻觉，犹如三维图画中的"赛璐珞碎块"，为读者拼凑成一幅"真作假时假亦真"的生存图景。能把虚无缥缈突如其来碎片般若隐若现的梦境,诉诸文字已属不易,还要对梦境中稍纵即逝的象征性意念加以诠释,则更有了挑战自我的难度。

谭曙方给自己选择了一条奇崛险涩的创作之路。

在谭曙方笔下描述的梦境中,有许多"飞起来"的场面:比如《飞人》中:"我抬头看到,就在右边山壁上的一个洞口处,有长着羽翼的人站在那里,那样子似乎就像跳水员即将跳水一样,不过是要飞将下来。果然那人就弯腰屈腿一跃,飞离了山洞""又有一飞人从那山洞口飞越而下。那场景真是有些奇妙,飞起来的人体上竟然长着伸展的羽翼,犹如大鸟一般。"再如《会飞的鞋子》中:"我莫名其妙地甩起了右腿,随之脚上一只黑色的鞋子飞了出去,它在空中画了一条弧线,落在了十米之外的一个水塘里,抑或是小湖,并很快变幻为一只灰色的水鸟浮游在水面";再如《飞车》中:"有片刻的空白,之后我的车顷刻间飞到天上去了,而且它越来越高,越来越小,就像一张报纸那样大小了";再如《奇异的表演》中:"有两位表演者在表演,一位是中年人,另一位是年轻人,他俩手里拿着长矛走向侧前方,就在离我约有几十米的地方,突然间就飞了起来,前后相随,向上举着长矛,缓缓地向太阳的方向飞去"……

在我们的生命体验中,恐怕都有着"飞翔起来"和"坠落下去"的梦境。那反复出现的梦境,是心灵中不断吟唱的旋律。那时断时续若隐若现的呓语,是不愿沉睡的生命发出的强音。睡眠是对黑暗的无奈屈从,梦境是对记忆的顽强讲述。所谓"魂萦梦绕",那些反复闯入梦境的,必定是生命体验中的刻骨铭心。

但丁在《神曲·炼狱》中写有这样的诗句:"我内心又有一个新的想法产生,从这个想法中又衍生出更多的其他种种思想;我从一种思想到另一种思想不住游动，这就使我的双眼因头脑迷糊而闭拢，我终于把思维变成梦境。"

我少年时常做一种梦，因为坠落而感受的一种腾云驾雾。有时是攀梯子，有时是爬墙头，还有时是从悬崖峭壁上失足，反正是从高处坠落，于是上不靠天，下不着地，人悬浮在空中。既充满了快感，也伴随着恐惧。我母亲是医生，她说这是与"成长"关联的梦。一个人只有经历过一次次这样的梦，才能长高长大。大概在人的成长中，充满了悖论和矛盾：对飞翔的向往，又伴随了对飞翔的恐惧。

无处不在的"万有引力"，束缚了人类的"沉重肉身"，也许人的命定，只能拖着沉重的脚步，艰难地跋涉于泥泞与污浊，不应存了好高骛远自由飞翔的奢望。

然而"自由飞翔"，大概是渗透于人类潜意识之中的一个不灭的梦。早在几千年前，古希腊神话中就讲述了伊卡罗斯"飞翔"的故事：伊卡罗斯用蜡为自己打制了一双翅膀，然后向蓝天飞去。当他离太阳越来越近时，太阳的热量融化了蜡制的翅膀，这位勇敢的年轻人只落得悲壮地坠入大海。

向往飞翔，寻求挣脱一切束缚，追求自由的梦，这是创世者赋予人类的梦。

一个虽然长了翅膀却没有飞翔能力的鸡鸭，一生一世也无缘感受自由飞翔得来的快感。享受到的只是在草窝中刨谷物，在污泥里觅吃食的满足，虽然，这也不失为一种生存方式。它们已经丧失了"鹰击长空"的翅膀。鹰有时候飞得比鸡还低，鸡却永远飞不了鹰那么高。野生和豢养，成为生存悖论的命题。

谭曙方在《到河对岸去》中，记述了这样一个梦境："在一个宽阔河流的岸边，一个陌生且面孔模糊的人语气坚决地对我说，'到河对岸去。'……我看清了那个地方,心里想着应该去,至于到河对岸那里去干什么,意识有些模糊……河对岸空旷无人,而此岸却人流拥挤。我准备游泳过河,但还没有下水,就醒来了。"谭曙方诠释说:"河流此岸熙攘的人流,就是芸芸众生的现实世界,是对岸空旷荒凉世界的反衬,过河需要勇气并付出代价。"

谭曙方的梦涉及一个"此岸"与"彼岸"的哲学命题。理想主义的献身精神与现实主义的生存原则的悖论。

东汉蔡邕的《琴操》中有言:"公无渡河,公竟渡河。渡河而死,其奈公何!"重要的事情说三遍,此后在荀勖的《太乐歌词》、孔衍的《琴操》中均有复述。后人常用此诗句来讽喻对方身罹险境却执迷不悟,苦劝不听,并警告对方再不纳谏将有严重的危险。

"公无渡河"是一种劝诫,"公竟渡河"是一种"明知征途有艰险,越是艰险越向前"的无畏精神,"渡河而死"是预言了一个悲剧结局。然而"其公奈何",世上总会有充满弥赛亚情结之人为理想殉难。

谭曙方还在《路口的选择》中记述了这样一个梦境:"我开始专心地独自走我的路,这次清清楚楚是推着一辆木轮车在走了,脚下的路也变成了泥泞且凸凹不平,而且有的地方相当陡峭。可是,连我自己也没有料到,竟然会走得飞快,简直就宛如贴着不好走的路面轻盈地飞起来一样,时而还用脚尖轻轻地点着隆起的窄窄的泥泞路梗,掌控着手中的推车飞过去。"

谭曙方对《路口的选择》做了诠释:"我已经在体制内单位提前退休多年,如今,回顾与展望成了一个慎重思考的问题,这一生究竟应该如何度过?未来的路子怎么走?一个新的十字路口使我困惑其中……我似乎又走到了人生的一个拐点。这实际上是在物欲横流之中的一种精神挣扎或追求。有多少人在物欲崇拜之中迷失了自我,找不到精神的家园，回不到精神的故乡。"

选择的困惑充斥着我们整个的人生。萨特说，因为选择我们成为自己。

谭曙方认为：梦"更像一只无形的手在主宰着人的心理，甚至左右着我们的命运。潜意识相对于人们的心理活动而言，更像是潜藏于海面之下的冰山，海面之上的部分只是心理活动的冰山一角。而较为准确地认识自己的梦正是打开潜意识门锁的一把钥匙。如果能够比较深层次地触探到自己的潜意识，也就仿佛是握住了自己人生的方向盘"。

心理学大师弗洛伊德认为"梦是被压抑的意识，通过伪装的方式而呈现的内容"。一些不被我们接受的情绪、不被允许的感受，会在梦里以各种"古怪"的形式涌现。甚至有人认为，梦是"外星人"向地球人类发出射电，在我们心灵深处引发的共鸣，其中蕴含着被我们忽视的大智慧。

梦总把沉淀的记忆在梦境中再现。这种复杂且神秘的精神现象，或许来自自我记忆，也可能来自人类记忆。谭曙方《梦海探秘》的高妙之处在于，通过对梦境的诠释，寻找到一个文学的切入点。他的释梦为我们展开了丰富的生存画面，他对梦的诠释对应了他的人生经历，展示着作者的身世、性格、价值取向、审美情趣以及人生哲理。

谭曙方在《梦海探秘》中还记述了这样一些梦境。《士兵与老猫》的梦境："暗夜，城墙与碉堡，背枪且戴钢盔的士兵，狭窄的小路，开着刺眼大灯的汽车，将你逼在一个非常狭小的空间，最终还跳出一只丑陋的老猫来攻击你，这就是梦营造的一个让你可感可触的恐怖氛围。丑陋的老猫就在你走投无路的地方等着你，更像是一种埋伏，周围的一切都与它有关"；《超人》的梦境："看到这样一个场景，我大概是沉默了，或许是惊呆了，心里瞬间就明白：这地方的人真是厉害，有魔法啊，天兵天将的，呼喊一声就来了。我倏然也感到，在这样的环境里与他们作对，就显得太孤独无助了"；《院子内外》的梦境："就在倒水的同时，看到水龙头上有一节蛇皮在遇水后居然幻化成了一条蛇。蛇头蛮大的，仿佛馒头大小，呈黑褐色。它即刻就飞了起来，从我面前飞过，而后就往院子空的地方飞去。我指着它对那里的几位同事说，快看，蛇！蛇！或许它听到我在喊，刹那间竟折了回来，径直飞至我右胳膊处，冰凉的嘴巴触碰着我的皮肤。我害怕极了，就怕它咬我，因为我知道这家伙是有毒的……""场景一换，原来的大蛇似乎是变成了一个人，西装革履、背头，像个领导。"梦中像回旋曲般反复重现的潜意识，可是一种生命启示录？

前苏联世界级的大音乐家肖斯塔科维奇在他的回忆录里说："恐惧和压抑是弥漫着我们这一代人一生的共有心理。左琴科说，'我从小就怕一只突然伸过来的手。'我呢？显然也怕向我伸过来的手。这只手似有还无，又无处不在。突然就伸出来把你给抓住。"哈维尔曾说过这样一层含义的话，为什么一个人会编织进意识形态的网中？因为恐惧。每个人都有东西可能失去。因此每个人都有理由恐惧：对失去工作的恐惧，对提升职务受阻的恐惧，对子女正常入学升学的恐惧，甚至对被约谈受训诫失去人身自由的恐惧等等，把你驯顺成为一部机器的齿轮或螺丝钉。

对有形物的恐怖，还会随着具象所指的消失而解除，虽然"一年经蛇咬，十年怕井绳"，心中还存阴影。但当恐怖是无形的，它像弥漫的黑暗像阴沉的雾霾，像"天网恢恢疏而不漏"，像"普天之下，莫非王土"，把人笼罩在天罗地网之中，于是就有了莫名其妙的恐怖，让人身陷惶惶不可终日之中。因其无形，所以比有形更让人陷入恐怖的氛围不可自拔。

作者在《想象与恐怖》的梦境中，更为详尽具体地记述了人的恐怖:"湖边的泥土松软,此刻慢慢地将我的脚陷了进去。走了几步之后,面前是一个土包,泛着灰白色。我抓着土坡上的草想爬上去,可慢慢地,右手抓着的草变得有些硬,感觉像一条绳子。还没等我反应过来,那'绳子'居然从泥土里触伸出来,我瞬间就猜想到它是一条蛇,果然不假,一条蛇出现在眼前,它的头部对着我的手,似乎是咬住了我的手,但我没有感觉到疼痛。恐惧即刻攫住了我……"在《灵蛇》的梦境中,对蛇的恐怖就更为具象化了:"我发现右边墙壁约一米高处有一条盘曲的蛇,大概是在一个柜子上面,颜色呈浅褐色,带有花斑。我内心有点怵它。没想到怕什么来什么,那蛇以闪电般的速度对着我的左小腿上就是一口,虽然隔着长裤,但我瞬间就感觉到针刺般的痛感……几乎一眨眼工夫,伤口上方的小洞内冒出一条虫子样的东西来,我用手去抓它,想把它拉出来,可它又灵敏地缩回去了。于是我下意识地用左手去挤压那伤洞的周边,没想到惊奇的一幕出现了,一个类似于被切开的海参一样的东西从伤口洞内而出,颜色是暗红色,它仿佛是在我的挤压之下缓缓地爬出来的。我再挤压,就又出来一个,大约一连挤压出来三个这样令人作呕的带齿状东西。"

卡夫卡可以说是以梦境来阐释生存现状的大师。他的《变形记》是"一个可怕的梦,一种可怕的想象"。卡夫卡曾有言:"梦揭开了现实,而想象隐蔽在现实后面。这是生活中可怕的东西。"

谭曙方在序言中说:"梦总是与现实有着这样或那样的关联。在我们没有从梦的必然王国进入梦的自由王国之时,梦成了一个幽灵,主宰了无数心灵的世界。"

作为析梦大师的弗洛伊德,把文学创作称作"白昼梦"。他在《诗人同白昼梦的关系》一文中说了这样一番话:"我们在夜间所做的梦,不是别的,正是幻觉。我们可以通过释梦来说清楚这一点。语言以其无可匹敌的智慧,早就给这种创造出来的虚无缥缈的幻觉赋予

'白昼梦'的名称。"弗洛伊德还说，"想象力强的作家与做白昼梦的人，诗人的作品与白昼梦，如果说我们对这两者所做的比较有价值的话，这种比较会在某点上显示出成效。"弗洛伊德《梦的解析》竭力在看似荒诞无稽的梦与梦者的现实经历之间寻找复杂的对应关系。

谭曙方说得在理：对梦任何诠释的权威，自然是做梦者自己。

卡夫卡说："他把他的种种空间经历凝聚成一个超人的时间幻觉……作家总是力图把他的幻觉纳入读者的日常生活经验之中。"卡夫卡还说："梦里总有许多未加工的白天的经验。"

维特根斯坦说过这样一句经典之言："梦境是不是一种思考？"

"听懂梦境的神秘语言并非容易。如果梦者不懂梦在说什么，尤其是那些对梦者非常重要的梦，岂不等于拥有了一块珍贵璞玉而不知其内在的价值？那样的话，人类与生俱来的这一天性，上天平等赐予我们每一个人的珍贵礼物——梦，就被我们白白地丢弃了。"谭曙方在序言里的这一感叹，让我想起钱锺书在1947年出版的《围城》里的一句话："……没有梦，没有感觉，人生最原始的睡，同时也是死的样品。"卡夫卡说："对我们来说，在什么地方有这样一条直达路线？只有梦才是直达道路。"美国心理学家帕特里夏·加菲尔德认为："人们应该把自己的梦当成珍贵的礼物，要相信梦能带给你对自己对世界的洞察，提高你醒后应付生活的技能。"

谭曙方的文学创作是从诗歌起步的，"诗人应该是善于解梦的，写诗即是'白日做梦'。梦境中释放的神奇'语言'，诱惑了我梦海探秘的浓厚兴趣。多年来，无论是释梦的过程还是结果，都让我体验到了新奇与愉悦。"

透过谭曙方的《梦海探秘》，读者大致可以了解到谭曙方先生的心灵图景。释梦成为人生历程的展示与记录。几十年的生存境遇，人都是环境的产物，都是"社会关系的总和"，人的思维不可能拔着自己的头发，摆脱开你立足的万有引力，强悍地"一统语境"，使得作者不断把梦中离经叛道的观念，纳入循规蹈矩的轨道。

做梦是自由的，然而对梦的解析和诠释却处处受到掣肘；梦是丰富，然而当你要说梦，却感到了言说的"词穷"。诠释和解析，有时难免落入画蛇添足狗尾续貂式的浅薄抑或是愚蠢。梦有点只可意会难以言传的意味。

谭曙方先生对自己梦境的诠释，我并不是全盘赞同。如，"绿色吉普就是我身体的象征呢？绿色象征着蓬勃的生命，而越野型吉普则意味着极强的环境适应能力，这些特征与我从前的身体状况与经历比较吻合。"（《绿色吉普车》）；"蛇象征着医者，我倒是更愿意把梦中的那条蛇视为古希腊神话中的'灵蛇'。它既寓意神医，也寓意你自己。"（《灵蛇》）。

谭曙方用《梦海探秘》来展开一个生命的历程，无疑是慧眼独具、匠心独运，但有火即有灰，难免顾此失彼，这些对梦境中物体象征意味的具象化倾向，必然稀释了梦境的丰富性和神秘性，限制了聪明读者"神游八极"的想象空间。对人类梦境这一神秘精神现象的探索，路漫漫其修远兮。正如作者所言，自己也仅仅是向梦的核心地带趋近而已。同理，我对谭曙方先生梦境诠释的解读，何尝不会同样有着视野的盲点和认识的误区？书需自己读，我相信，谭曙方在梦境中提供的丰富意念画面，每个读者都会读出自己的"横看成岭侧成峰"。

谭曙方在《忏悔之醒》一梦的诠释中，有一句画龙点睛之笔："感谢梦，它有一双神眼。"

卡夫卡认为，作家的任务就在于设法"给别人装上另一种眼睛"。就是说，艺术应帮助人们透过生活的表象去发现真实的本质，而"照相把人们的眼睛引向表层"。卡夫卡把"照相"作为"写实"

的同义词。他认为按照生活表面去写实，是不可能发现真正的真实的。他说："真正的现实是非现实的。"他提出："作家的任务是预言性的。"一个作家存在的特殊价值，主要的并不取决于其知识积累的程度和作品的多寡，而取决于他对时代的独特贡献。而这种贡献，就看他对他的时代的某种潜精神的洞见，并通过文学手段对之做了预言性的、启示性的表达。

应该感谢谭曙方先生，为文学的画廊里，增添了一幅别致而又精美的心电图和脑电图。

2020年4月于太原
作者为山西省作家协会原秘书长，
现任山西省老文学艺术家协会主席

陈为人，祖籍上海。曾任太原工人文化宫主任，山西省作家协会、山西省作家企业家联谊会原秘书长；曾担任山西省青年联合会常委，太原市青年联合会副主席，山西省青年作家协会常务副主席等社会职务；第五届山西省人大代表。现任山西省老文学艺术家协会主席。2001年五十一岁提前退休，开始全身心致力于创作，出版的图书有：人物传记类作品：《唐达成文坛风雨五十年》《插错"搭子"的一张牌——重新解读赵树理》《马烽无刺——回眸中国文坛的一个视角》《让思想冲破牢笼——胡正晚年的超越与局限》《最是文人不自由——周宗奇叛逆性格写真》《山西文坛的十张脸谱》《兼爱者——墨子传》《特立独行话赵瑜》《柳宗元传》《冯霞是谁》《撇捺人生王秀春》；散文随笔类作品：《走马黄河之河图晋书》《摆脱不掉的争议——七位诺贝尔文学奖得主的台前幕后》《太行山记忆之石库天书》《中国历代改革家的命运与反思》《弦断有谁听——世界文豪自杀档案》《红星照耀文坛——苏维埃八位文化人的命运》《地标的文明足迹——西欧行》《话说红颜》《歪批诸子》等。